后浪出版公司

自然を楽しむ

赶海·解剖·逛菜场

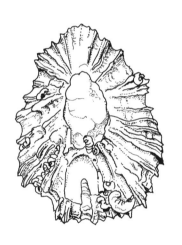

［日］盛口满　著

张小蜂　译

海峡出版发行集团 | 海峡书局

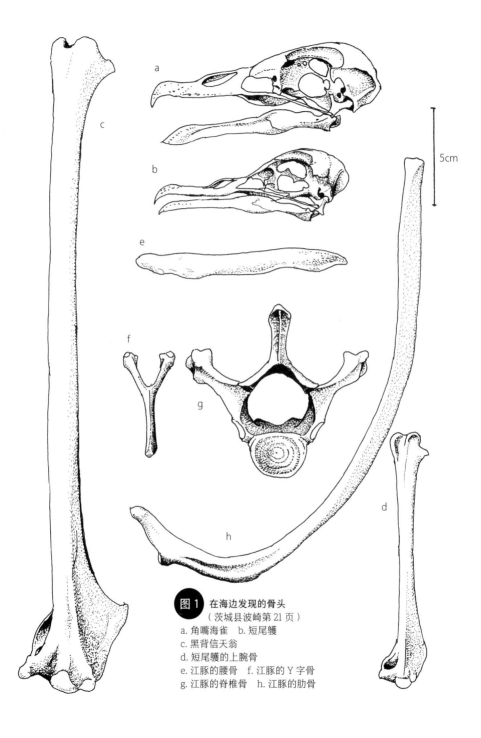

5cm

图 1 在海边发现的骨头
（茨城县波崎第 21 页）
a. 角嘴海雀　b. 短尾鹱
c. 黑背信天翁
d. 短尾鹱的上腕骨
e. 江豚的腰骨　f. 江豚的 Y 字骨
g. 江豚的脊椎骨　h. 江豚的肋骨

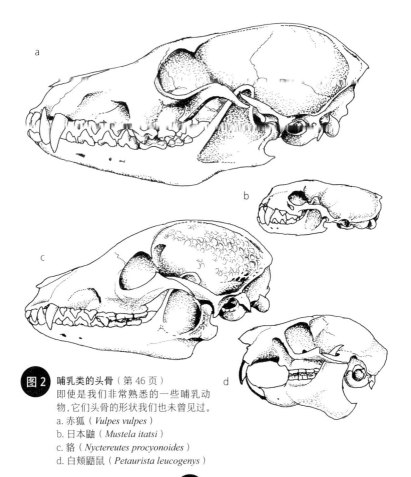

图2 **哺乳类的头骨**（第 46 页）
即使是我们非常熟悉的一些哺乳动物,它们头骨的形状我们也未曾见过。
a. 赤狐（*Vulpes vulpes*）
b. 日本鼬（*Mustela itatsi*）
c. 貉（*Nyctereutes procyonoides*）
d. 白颊鼯鼠（*Petaurista leucogenys*）

右 **图3** **蛞蝓**（第 72 页）
蛞蝓实际上是一类陆生贝类。
a. 一种鳖甲蜗牛
b. 马氏鳖甲蜗牛
c. 瓦伦西亚列蛞蝓（*Ambigolimax valentianus*）
d. 双线蛞蝓（*Meghimatium bilineatum*）
e. 网纹野蛞蝓（*Deroceras reticulatum*）
f. 冲绳山蛞蝓（*Meghimatium* sp.）
g. 山蛞蝓（*Meghimatium fruhstorferi*）
h. 高突足襞蛞蝓（*Laevicaulis alte*）
i～k. 疣蛞蝓

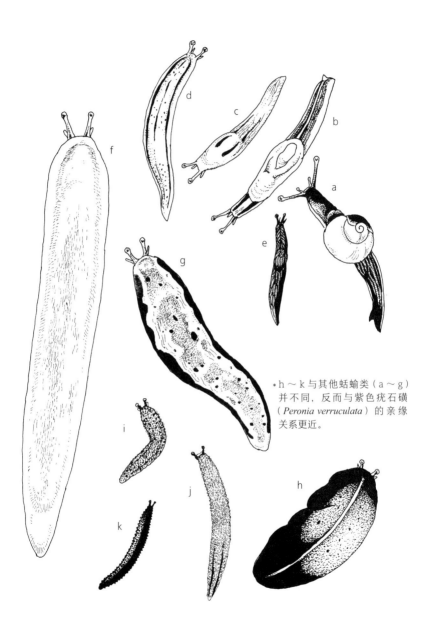

*h～k与其他蛞蝓类（a～g）并不同，反而与紫色疣石磺（*Peronia verruculata*）的亲缘关系更近。

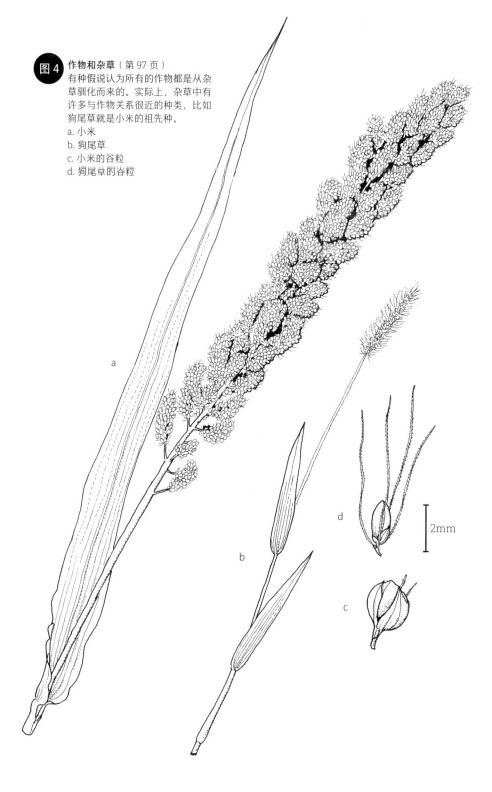

图 4 **作物和杂草**（第 97 页）

有种假说认为所有的作物都是从杂草驯化而来的。实际上，杂草中有许多与作物关系很近的种类，比如狗尾草就是小米的祖先种。

a. 小米
b. 狗尾草
c. 小米的谷粒
d. 狗尾草的谷粒

a

b

c

d

2mm

图5 榼藤（第114页）
分布于屋久岛以南的一种大型藤曼类豆科
植物，种子可以随着海水漂流。
a. 眼镜豆分布于东南亚，但在日本沿岸也
能见到漂来的种子。
b~d. 榼藤分布于琉球群岛冲绳本岛以南。

a

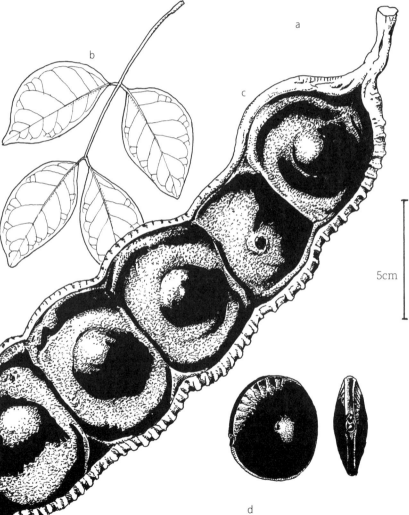

b

c

5cm

d

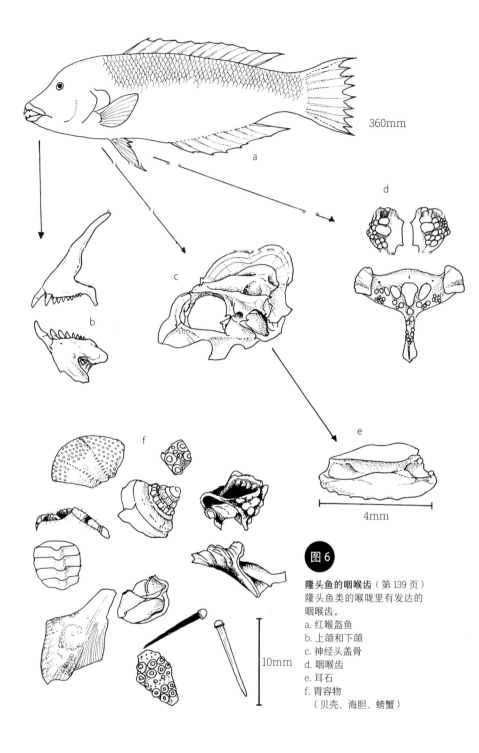

360mm

a

b

c

d

e

f

4mm

10mm

图 6

隆头鱼的咽喉齿（第 139 页）
隆头鱼类的喉咙里有发达的咽喉齿。
a. 红喉盔鱼
b. 上颌和下颌
c. 神经头盖骨
d. 咽喉齿
e. 耳石
f. 胃容物
　（贝壳、海胆、螃蟹）

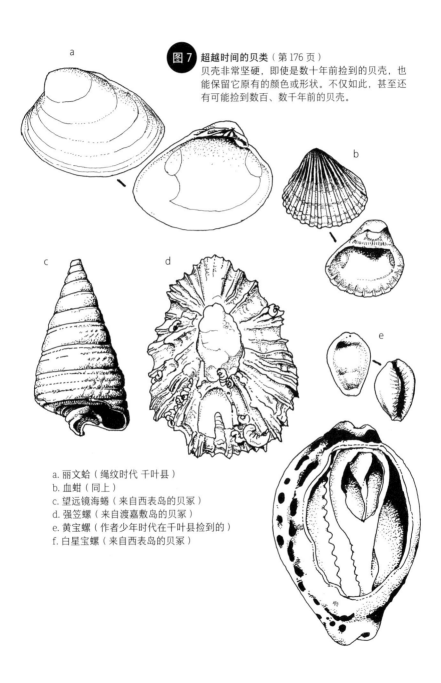

图7 **超越时间的贝类**（第176页）
贝壳非常坚硬，即使是数十年前捡到的贝壳，也能保留它原有的颜色或形状。不仅如此，甚至还有可能捡到数百、数千年前的贝壳。

b

c

d

e

a. 丽文蛤（绳纹时代 千叶县）
b. 血蚶（同上）
c. 望远镜海蝶（来自西表岛的贝冢）
d. 强笠螺（来自渡嘉敷岛的贝冢）
e. 黄宝螺（作者少年时代在千叶县捡到的）
f. 白星宝螺（来自西表岛的贝冢）

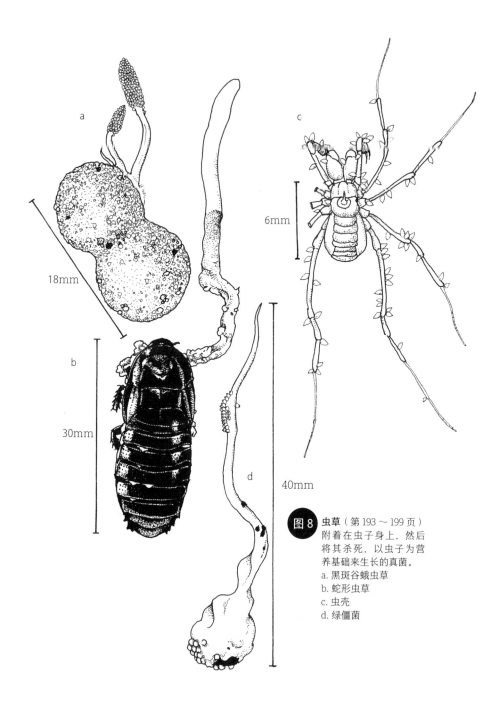

图8 虫草（第 193～199 页）
附着在虫子身上，然后
将其杀死，以虫子为营
养基础来生长的真菌。
a. 黑斑谷蛾虫草
b. 蛇形虫草
c. 虫壳
d. 绿僵菌

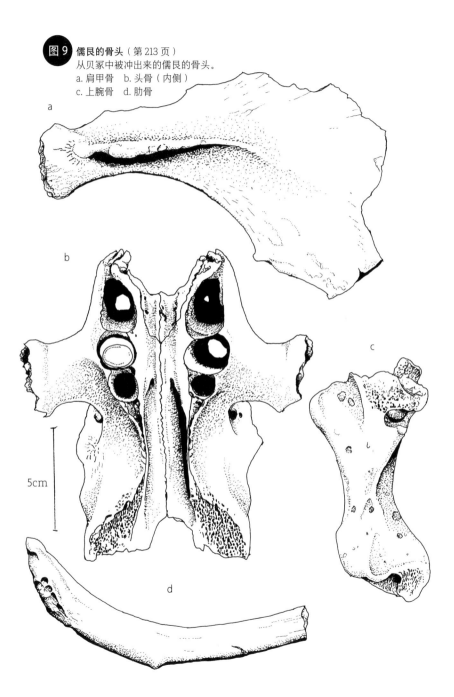

图9 儒艮的骨头（第213页）
从贝冢中被冲出来的儒艮的骨头。
a. 肩甲骨　b. 头骨（内侧）
c. 上腕骨　d. 肋骨

5cm

目 录

前 言 001

第 1 章　海边的野外调查　007

风之谷幼儿园　009

大巴车中的课堂　011

最开心的一块骨头是？　016

捡骨头的孩子们　020

第 2 章　学校中的自然　027

平时最容易见到的生物有哪些？　029

两种自然　033

"普通"的含义　036

课堂即所有　038

3K 法则　041

初次解剖　044

解剖团的诞生　048

第 3 章　聚焦令人讨厌的东西　053

　　最讨厌虫子了　055

　　饲养蟑螂　057

　　在小学讲虫子　061

　　让人厌恶的东西却很受欢迎　063

　　喜欢的虫子与讨厌的虫子　065

　　一天能找到多少种　067

　　虽然讨厌但也很有趣　070

　　喜欢蛞蝓　072

　　蜗牛是什么　075

　　追逐城市中的虫子　079

第 4 章　探索身边的自然　085

　　有毒的蔬菜　087

　　夜间中学的授课　089

　　蔬菜课　091

　　什么是杂草　095

　　发现杂草　097

　　狩猎采集部落的生活　100

　　试吃橡子　102

　　身边自然的普遍性　106

第5章　探索远方的自然　109

探索远方的自然　111

遇见冲绳　112

儒艮猎之歌　115

井边的青蛙之歌　118

冲绳身边的自然　121

身边自然的多样性　123

第6章　远方的自然和身边的自然　129

木鱼花是树皮吗？　131

树精灵的假牙　133

市场上的鱼　137

树精灵的原形　139

贝冢中的牙齿　141

神之鱼　144

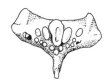

第7章　通向异世界的大门　149

贝　币　151

少年时代的拾贝　153

作为原点的自然　156

漂浮于海面的贝类　161

通向异世界的大门　165

谁都可以做的事情　173

探索消失的贝壳　175

第8章　镶嵌的自然　181

两种原始风景　183

远方自然的象征　187

常绿阔叶林的位置　189

调查屋久岛的虫草　190

调查冲绳的虫草　194

跟随博物学的脚步　200

第9章　儒艮的课堂　205

人鱼长什么样？　207

鲸的历史和儒艮的历史　210

镶嵌式的人体　215

偶然与必然　217

结　语　219

译后记　227

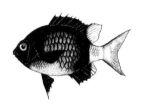

前　言

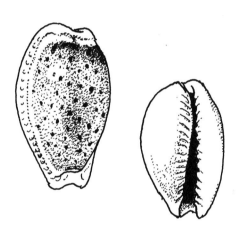

玻芬宝螺（第 155 页）

"您的头衔怎么写呢?"电话那边传来这样的询问。

我正在制订一个鹿儿岛县德之岛的调查计划,内容关于当地老爷爷、老奶奶这些老一辈人的生活知识。更具体地说,就是收集并记录岛民对本地植物的一些利用方法。为了能够完成调查,我参照熟人给的指引,得到了居住在岛上的老爷爷、老奶奶们的支持,并顺水推舟,有幸有机会为岛民们演讲。因为讲座的宣传单上要写上演讲人的介绍,因此就有了开头那通询问我称呼的电话。

"要不就写您是博物学家吧?"

不知道对方有几分认真,电话里接着就提了这样的建议。

"不,不是……"

我当即否定了自己是博物学家这个说法。不过,我又想了一下……从年幼时起,我就特别憧憬"博物学"[1]这个词。

我出生在房总半岛[2]南端的海边城市——馆山。

----

1. 人类与大自然打交道的一门古老学问,指对动物、植物、矿物、生态系统等所做的宏观层面的观察、描述、分类等。
2. 位于日本关东地方千叶县东南部的半岛,东侧与南侧邻太平洋,西濒东京湾,北与本州的关东平原相接。

在我小学二三年级的时候，有一天父亲带我到海边。突然间，我注意到海边四处散落着许多贝壳。生物的本质是多样性。而那个时候，年幼的我当然无法理解自己当时究竟是被什么吸引。不过，那一天我还是感受到了这种多样性。而在那之后，"拾贝"便开始伴随着我少年时代的成长。

从拾贝开始，我逐渐对各种生物产生了兴趣，包括虫子、菌子还有植物等，关注面日渐宽广。如果用一句话来形容自己，我觉得应该是"想看尽全世界"吧。不过，少年时代的我活动范围极为有限，而且我也不可能把周围所有的虫子或贝壳全部找到。想到在书中看到过的那些生活在热带丛林中的生物，我的内心深处就涌出一个想法：总有一天，我要见到这"一切"。

不过，我本身是个急性子，做事也马马虎虎。

长大之后，我读到一本书，是关于一位探险家的故事。书里写到这位探险家在回首往事的时候，发觉自己从少年时代便开始为了能够成为一名探险家而在做各种准备（这之中当然也包含想在旅途中艳遇美女的想法）。读到这里，我发现自己完全不具备这样的思维方式。我其实是那种，对未来没有任何准备和展望，多半只是想到哪里就试着做些什么的人。

我抱有的想要去看世界、记录世界的想法，并不是为了锻炼自己并准备成为一名探险家，而是朝着想做一本《地球全生物图鉴》的目标而去的。

我把与生物有关的报纸剪下来，把不用的理科教科书上的生物图片也剪下来，就连电视上播放的有关生物的画面，我也会用笔画下来，还会用画笔把百科全书上描述的所有生物的样子复原出来。我努力想做一本记载了地球上所有生物的图鉴。

但是，我连地球上到底有多少种生物都不知道。直到有一天，我在图书馆看到一本单讲鱼类的图鉴，这就已经是厚厚一大册了，才意识到自己的野心是多么鲁莽。即便如此，我还是在小学六年级的毕业文集里写道："想去亚马孙河，未来想成为一名博物馆馆员。"

因此，上大学时，我理所当然地选择了理科学部的生物专业。但是，稀里糊涂的我从大学入学开始，一直到大三之前都从来没有仔细考虑过自己未来想做什么工作。大三的时候，我接触到了一些类似学术研究的东西，发现自己其实并不想成为一名研究者。左思右想，最终我选择了可以把自己喜爱的生物讲述给他人听的职业——教师。

回顾自己一路走来的人生轨迹，并非条理分明，常常是想到什么就做什么，然后虎头蛇尾地有始无终。不过，以下三个方面，可以说是我一直坚持做下来的要点。

"观察"：我最基础的兴趣，就是观察生物。

"绘画"：因为我从小就喜欢画画，所以描绘生物的时光，对我而言才最充实。

"传达"：我的工作就是向他人传达有关生物的知识，写这本书的目的也是如此。

我仍然抱有"想要看世界、想要记录世界"的想法。我想用这本书，回顾迄今为止所做的一切，并试着整理归纳这一切。

第1章

海边的野外调查

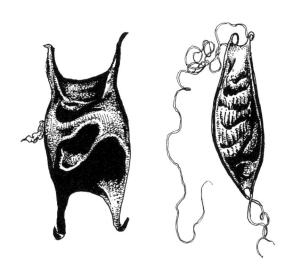

左：鳐的卵鞘　右：鲨鱼的卵鞘

风之谷幼儿园

早上 6 点从池袋出发，到新宿站换乘小田急线前往新百合丘站。大巴车 7 点半从新百合丘站前发车，大约经过 3 个小时，就到了茨城县的波崎海岸。车上除了我之外，还有 40 名小学生和他们的监护人。

这是风之谷幼儿园自然教室一期学生的毕业活动：海边野外调查一日活动。

在位于神奈川县新百合丘站不远的地方，有一所名叫"风之谷幼儿园"的私立幼儿园，从新宿只有一条电车线路可以到达这里。园长天野优子老师，一直抱着"应该建一所理想中的幼儿园"的信念，后来独立创办了这所与众不同的幼儿园。幼儿园地处首都圈内，而且还建在一座被杂木林和农田包围的小山丘上。校舍是木结构的，园中养了很多绵羊，孩子们可以剪下羊毛制作小挎包。农田离校园也很近，孩子们会自己动手制作萝卜干。初夏时节，可以在梅林里摘梅子，秋天可以在田地里捉蝗虫，稍加烹饪便可以吃了。这所幼儿园最独特的地方，就是特别重视让孩子们拥有丰富的自然体验与情操教育。

但是，"（幼儿园毕业后）升到小学后又回到普通的校园生活了"。天野老师说道。毕业后的孩子们回到各自离家不远的公立小学上学，接受的道德教育理念与在风之谷幼儿园接受的有着天壤之别。"所以，我会时不时请孩子们回到这里来看看。"天野老师这句话让我也对这种有趣的尝试产生了共鸣。学校往往被我们当作一个"过场"：初中升高中，高中毕业再进入大学。有时，别说是"过场"，甚至还有人认为学校是浪费时间的地方。但是，天野老师说"学校应该是可以回去看看的地方"。许多小学是作为某个大学的附属学校存在的，那么如果幼儿园也有自己的附属小学，那该多有意思呢。正是有了这样的想法，天野老师才对我开口"请你帮个忙吧"！自此，我每半年来幼儿园一次，给已经从幼儿园毕业的学生们开设面向小学生的自然教室。

就像之前说的一样，小时候的我痴迷于在海边捡贝壳，考上大学前我想要学习关于小动物生态方面的知识，但是入学后才发现，事实上我所进修的这所大学的生物学科中，只有植物生态学研究室（结果就是，我的毕业论文是关于温带常绿阔叶林的研究）。本科毕业后，我成了一名教师，最先在埼玉县一所名为"自由之森学园"的私立中学工作，我在这所学校担任了15年理科教师。从这所学校辞职后，我移居到冲绳，从2001年起，一边在朋友创立的一所名叫"珊瑚舍"的小型 NPO[1] 自由学校担任讲师，一边去各种与自然相关的活动上担当讲师，另外

---

1. NPO：Nonprofit Organization，非营利组织。

还写写与生物有关的书。再之后到现在，我在那霸的一所私立大学任教。

这一天，为了参加这些幼儿园毕业生的活动，前一天晚上我搭乘飞机从冲绳来到东京。

这种每半年一次的自然课程以小学一到三年级的申请者为对象，第一节课的主题是"骨头学校"。我把骨骼标本作为教具，让学生能够从骨头中学到知识。之后，每隔半年还会有"虫子学校""种子学校""海洋学校"和"化石学校"等主题课程。虽然我是第一次制订这样的课程计划，但出乎意料的是，孩子们都很感兴趣。最开始参加课程的小学一年级学生，到课程结束时已经成长为四年级学生。而且，有趣的是，孩子们通过一系列课程开始对"骨头"产生了浓厚的兴趣。所以，这也是我这次设置特别的课程，带着学生们坐大巴到夏天的海边去体验捡拾骨头的原因。

大巴车中的课堂

到达目的地大约需要三个小时，因此在大巴车上我一边给学生们展示标本，一边讲解。

"同学们，你们最想去海外的哪个地方呢？"

这次课程就从这个问题开始。

加拿大、巴西，等等，孩子们口中报出了各个国家的名字。

"换作是我的话，我很想去夏威夷！"

为什么呢？或许这个回答听起来很唐突，但这跟接下来要说的蟑螂有关。人们一般都认为蟑螂很讨厌，但我对昆虫，特别是蟑螂有着浓厚的兴趣。简单来说，不单是家里常常出没的蟑螂，还包括那些绝不会出现在家里的蟑螂。日本一共有多少种蟑螂呢？目前已知一共有 52 种。由于蟑螂属于南方系的昆虫，所以在日本，越是往南，能见到的蟑螂的种类就越多，单是冲绳就有 42 种蟑螂。"那么，夏威夷有哪些种类的蟑螂呢？"在大巴车上，我为了引出接下来的授课内容，向孩子们提出了这样的问题。

夏威夷是一座比冲绳还要温暖的南方岛屿，那么生活在夏威夷的蟑螂种类，是比冲绳多？一样多？还是更少呢？孩子们的意见各有不同。而正确的答案是 0。像夏威夷这样矗立于大洋中央的岛屿，很多生物是没有办法到达的，所以原本没有任何蟑螂（现在共有 20 种）生活在夏威夷。由此可见，日本作为一个岛国，生活在日本的这些生物们，以前也是借助各种各样的手段和途径才来到日本的。

"你们知道日本有几种熊吗？"我继续向孩子们提问。

众所周知，本州有黑熊、北海道有棕熊。不过，如果翻开保育社出版的《原色日本动物图鉴》，还能看到另一种"日本产"的熊：白熊——也就是北极熊。到目前为止，在日本的领海内共有 2 次捕到在海面上游泳的北极熊（北海道的宗谷和新潟）。

现在的日本国内并没有野生的北极熊，但是在以前，或许其他动物也像北极熊这样游到日本，并定居了下来。那么鼹鼠呢？鼹鼠是通过什么方式来到日本的呢？这一次，我一边向孩子们提出问题，一边把鼹鼠的整体骨骼标本展示给他们看。

"游泳?""挖洞?"……答案此起彼伏。

很久很久以前，日本列岛有数次与大陆相连的时期，鼹鼠会不会就是利用日本列岛与大陆相连的时候，挖洞穴来到了日本呢?

那么，"冲绳有鼹鼠吗?"

冲绳没有鼹鼠分布。即使同样在"日本"，它与大陆的连接方式，还有动物们扩散的途径也千差万别。在与学生互动讨论、交流的过程中，类似这样的话题不断延伸。

那么，冲绳和日本本岛有没有共有的动物呢?

"狗!"

"虽说确实如此，可是狗是人类带来的动物，并非原本自然分布的物种。"

"老鼠?"

"冲绳与本岛的老鼠种类不同。"

"猴子?"

"不对不对，冲绳没有猴子。"

正确答案是野猪。反过来讲，可以说冲绳与日本本岛的动物种类有很大的不同。不仅如此，冲绳连松鼠、狐狸或貉[1] 也没有。

第一次上"骨头学校"的课程时，我和学生们讨论了关于貉的骨头的问题。作为复习，我再次将貉的头骨和毛皮从帆布

---

1. 貉，又称貉子或狸，犬科动物，棕灰色毛，耳朵短小，嘴尖，两颊长有长毛。生活在山林中，昼伏夜出，以鱼虾和鼠兔为食。

包中取出，让孩子们在车里传看。

看完貉的头骨，我又拿出从本岛的杉树林中捡到的装蛋黄酱的空瓶子。仔细观察会发现瓶子上有牙印，这是貉从垃圾场捡来时留下的咬痕。如果在林子里沿着貉的兽道走，会经常见到这样的瓶子，这是在只有貉分布的本岛（本州）才能捡到的东西，你在冲绳的森林中无论走多远，也不会看到这样的东西。所以说，如果不知道空瓶子上有貉的咬痕，那你就只会把它当成一般的垃圾对待。

我一边给孩子们看有貉咬痕的空瓶子，一边说："同样地，我们去海边捡东西，如果什么也不了解的话，那看到的东西对你来说就只是垃圾而已。如果你了解其中的意义，就会发现各种各样的宝物。"

因为我们要去海边捡东西了，我就借此把话题引到了关于海岸边的漂流物上。

确实，海岸上散落着各种各样的东西。

除了散落着海洋生物的遗骸，一些生活在山林中的生物遗骸也会随着河流漂到大海中，并再次被海浪打到岸边。因此，这里混杂着生活在山林和海洋里的生物遗骸。我把几个亲手在海岸捡到的东西给学生们传看，然后提出了一个小问题："这其中哪个和鲨鱼有关系？"孩子们的猜测五花八门。其实，我想向孩子们传达的就是，海岸边的漂流物中有从海洋中来的，也有从山林中来的，有许多我们并不知道它原本是什么样子的东西，想要找到宝物并不是件轻而易举的事情。

以下是这次给孩子们传阅的东西的原型。

1. 鳐类的卵鞘 [1]（扁平，四角形，外表黑色皮质。四个角各有一细长突起。）

2. 鲨鱼类的头骨（鲨鱼的头骨是软骨，因此形状很难与真正的鲨鱼头部联系到一起。）

3. 双黑目天蛾的茧（蛾类的茧，呈网状，像个透明的草袋。非常结实，经常能在海岸边见到。）

4. 六斑二齿鲀的鱼鳔（六斑二齿鲀的鱼鳔膨胀起来呈心形，胶质且非常结实。这会在它死后被单独冲上岸来。）

接着我又提出了第二个问题。而这次将要给他们看的标本如下：

1. 鲢鱼（*Hypophthalmichthys molitrix*）的咽喉齿（鲢是一种原产于中国的大型鲤科鱼类，生活在与波崎海岸相接的利根川。鱼类除了颌骨上有牙齿外，喉咙里还有咽喉齿。鲤科的咽喉齿有着特殊的形状。）

2. 绿海龟（*Chelonia mydas*）的腹甲（海龟的腹甲扁平，四周有棘状的突起，很容易让人联想到角或鳍，很多人并不知道这个骨骼属于海龟。）

3. 黑背信天翁（*Phoebastria immutabilis*）的胸骨（鸟类为了飞行，胸骨演化得特别发达，上面可以附着很多胸肌。作为大型海鸟的黑背信天翁，胸骨像个头盔。

---

1. 第一章辑封。

肯定也有很多人不知道这是鸟类的骨头。）

我将这些捡来的东西给学生们传阅，并问他们：“这里面哪一个是从最远的地方漂来的？”（正确答案是候鸟黑背信天翁。）

“这个，龟的骨头！”马上就有许多孩子识破这个腹中的原型，也算是我的教育成果吧。

也有孩子一边拿着黑背信天翁的胸骨，一边说：“我也有一个跟这个一模一样的东西，只不过比这个小一点。”确实，这个学生在参加“海洋学校”的时候捡过短尾鹱（*Puffinus tenuirostris*）的胸骨。

我的学生们太有出息了。

最开心的一块骨头是？

经过如此一来一回的交流讨论之后，时间仍然绰绰有余，因此我把时间交给孩子们提问。

“到现在为止收集到的骨头中，让您最开心的一块是什么呢？”

提问就从这里开始了。孩子们总是喜欢问“最什么什么的是什么？”这样的问题。但是，我最怕被问到的就是最喜欢哪个，因为我的兴趣时常发生变化。不过，只是回答捡到的哪块骨头最让我开心的话，那就是儒艮[1]（*Dugong dugon*）的骨头了。

---

1. 儒艮，别称人鱼、美人鱼、南海牛，身体呈纺锤形，长约 3 米，体重 300～500 千克。儒艮是世界上最古老的海洋动物之一，因需要定期浮出水面呼吸，常被认作 “美人鱼”。

这个放在本书的最后给大家介绍。

　　"那么，迄今为止捡到的最奇怪的的骨头是什么呢？"

　　类似的提问角度都非常有趣，令我爆笑不已。虽说我没有亲手捡到过什么特别奇怪的骨头，但还是有一件很独特的，是北海道的朋友送给我的鼠海豚尸体，而且还是一具几乎只剩下骨头的尸体。鼠海豚虽说是海豚，但个头非常小。不过，我家住在七楼的公寓，因此怎么清理这具尸体是个让我非常头疼的问题。和其他同样在收集动物骨头的朋友交流后，他们建议我将海豚的尸体放在装有水的整理箱中，然后盖上盖子在阳台放上半年左右的时间。其中需要注意的只有一点：

　　"千万不要中途打开盖子……"

　　总觉得这是在传说中才会出现的台词，但我还是半信半疑地按照朋友的建议去做了。过程中发现整理箱中的水逐渐变成乌黑色，大量油脂开始浮上水面，之后慢慢发生变化，到最后臭味儿已经变得不那么刺鼻，只剩下略有下水道味道的臭水和零散的骨头。我向学生们介绍了这个经历。

　　"那么，最长的骨头呐？"

　　又是一个关于"最"的问题。孩子们说出各种各样的答案，什么"长颈龙的脖子"，或者"长颈鹿"之类的。其实，真正最长的骨头是鲸的下颌骨，单是抹香鲸的下颌骨就有 5.2 米长。

　　"那您有没有捡到过人的骨头？"

　　这样的问题就比较尖锐了，因为我开始捡骨头的时候，就有"别捡到人的骨头吧"这样的担心。但因为我没有学过医学，也没有认真地观察过人的骨头，所以就算见到人的骨头，我也有可能因为认不出来是人骨而顺手捡回来。因此我自己采取的策略是，尽可能去充实关于人骨之外的动物骨头的知识。也就是说，如果看到了自己不了解的骨头，能够做出"那块骨头很可能就是人骨"的判断。在实际捡骨头的过程中，我确实在西表岛的海岸碰到过人的骨头。当时一瞬间脑袋里想到的就是"啊，我已经能分辨出来了"！那是一块腰骨，孤零零地出现在沙滩上。过去在冲绳，人们有风葬的习俗。我当时见到的那块骨头，说不定就是以前风葬后残留下来被冲上岸的。

"人和动物的骨头有什么区别？"

就像上一个问题一样，小学生往往会问出这样略显尖锐的问题。作为双足直立行走的人类，腰骨的形状比较特别，这样才能架住身体里的内脏。另外，人类的足骨很长，脊椎骨也很有特点，上面的棘突比较短。

"您有没有在山里偶然发现骨头的经历？"

也有学生问这样的问题。即使在山里找了个遍，我也几乎没有捡到过骨头。但是，在海岸上不但能捡到被打上岸的海洋生物的骨头，还能捡到被河流冲下来的来自山林的动物骨头。所以，直接到海岸上捡骨头是最佳的选择。

"您去博物馆的话，最关注什么骨头？"

还有这样有趣的问题。我对学生说："每次去博物馆，吸引我的动物种类以及骨头的部分都是不一样的。"我又顺带提道："不过，博物馆的骨头没法拿在手里呀。"

"您有没有捡过大象的骨头？"

类似这样，只是关于骨头，孩子们都有问不完的问题。虽说我没有捡到过大象的骨头，但回想起去泰国时，看到一个僧院的庭院中摆着一块大象的头骨。孩子们还在继续提问。

"您现在一共收藏了多少块骨头呢？"

我也不知道我到底收藏了多少骨头，但我家里一共有四台冰箱，包括存放动物尸体的两台（其中两台还同时存放着食品）。

"最小的骨头是什么？"

"人体中最小的骨头是耳朵里面的听骨[1]。包括人类在内的哺乳动物的听骨由镫骨、砧骨、锤骨三部分构成，其中砧骨和锤骨在早期祖先的身体中构成了下颌（分别对应着方骨和关节骨），而保留了一些更原始特征的爬行动物，听骨只有镫骨。所以，调查早期出现的哺乳动物的化石时，便可以根据方骨是否是听骨的一部分，来判断到底是哺乳动物的化石还是爬行动物的。一块小小的骨头，却是解读哺乳动物历史的重要证据。恐龙的听骨与蜥蜴一样，由一块骨头构成，而被认为是恐龙后裔的鸟类，听骨同样由一块镫骨构成。如果把鸟的听骨取出来，会发现这块骨头非常纤细，形状有点儿像蘑菇，有一细长的柄。以鸡为例，鸡的听骨大约只有 2.8 毫米长。"我这样给学生们概括解释道。

"我的问题跟骨头无关，您有没有讨厌的生物呢？"

听到这个问题我就笑了。少年时代的我特别喜欢到海边捡贝壳，如今也常常到海边去捡骨头。无论是贝壳还是骨头，它们的共同点就是坚硬（我曾被朋友嘲笑是个"钙宅族"），所以

---

1. 又名听小骨。——译者注

软软的东西对我来说比较棘手，比如蛞蝓、毛毛虫、蚯蚓还有蛆虫。每次为了获得骨头而面对尸体的时候，就不得不与蛆虫打交道，直到现在都让我很头疼。

"您小时候的梦想是什么呢？"

想做一本《全世界生物图鉴》，还想在博物馆工作，这些都是我的梦想。

不过现在我的职业是一名理科教师，虽然不是博物馆馆员，但可以从背包里拿出各种各样的标本，然后给孩子们讲关于生物的故事，我自诩为一座"行走的博物馆"。某种意义上，我自认为这也算是实现了儿时的梦想吧。

捡骨头的孩子们

我们到了波崎海岸。

波崎在千叶县铫子市对岸，中间隔着利根川，沿着鹿岛滩延绵着长长的沙滩。这一带的海域处于寒流与暖流的交汇处，因此是非常有名的渔场，所以在波崎海岸边，既能见到南方的生物，也能见到北方的生物。再加上位于利根川河口附近，还会有从内陆冲下来的东西。我移居冲绳前，曾在埼玉县当老师，那会儿就多次带着学生到这里捡东西。在这片海滩上，我还捡到过从南方顺着海流漂来的鹦鹉螺。看到几只鲸在海面上冒头，这样特别而令人兴奋的奇遇也是在这个海岸发生的。

每年 7 月中旬，来这片海滨冲浪的人特别多。海边的房子也是鳞次栉比，甚至三栋房子都挤在一起。

"喂，是不是什么也没捡到？"

一个男孩问道。我的"对手"是大自然，所以很可能什么也捡不到，这种可能性甚至会很高。

"骨头，有骨头!!!"

一个陪孩子一起来的母亲在前面大声叫道，那时才下到沙滩差不多50米的位置。紧接着就听到了孩子们的声音："发现尸体啦!!"声音确实有点儿大，让我有些不好意思。他们发现的是一具几乎已经木乃伊化的短尾鹱的尸体。

短尾鹱是一种候鸟，在澳大利亚塔斯马尼亚繁殖的短尾鹱每年初夏要经过日本近海到北太平洋觅食，因此常常见到它们漂在近岸的海面上。飞行能力很强的成鸟会选择最短的路线从塔斯马尼亚到太平洋，但弱小的幼鸟要借助风力先到达日本沿岸。它们在迁徙过程中不吃东西，所以幼鸟常常因为恶劣天气加上体力耗尽而死，于是在岸边就能见到被海浪打上来的死鸟尸体。我这样简单地向孩子们解释，回答他们"为什么只有这一种鸟的尸体呢？"的问题。最开始孩子们看到死鸟时还会发出"哇哇"的惊叫声，后来慢慢发现海岸上到处都滚落着鸟的尸体，也就不再那么兴奋了。甚至还有女孩子用脚去踩死鸟的头，真是很需要胆量的举动。更让我觉得厉害的是，她那一言不发若无其事的样子。环顾四周，甚至还有女孩子直接告诉小伙伴："用脚踩着转动它的脑袋就能掰下来哦。"场面一度变得十分令人惊叹。

有一具像是角嘴海雀（Cerorhinca monocerata）的尸体，孩子们马上就把它的头拧了下来。一个男孩子拿着鸟的头问我："这个比较稀有吧？"确实，这是一只属于北方系的海鸟，在位于南北相接的波崎偶尔也能见到角嘴海雀。

这次男孩子说道："特大号炸鸡!"在第一次"骨头学校"的教学过程中，我曾经举行了一个小小的研讨会，给每位学生发了一块炸鸡，一边吃一边让他们思考吃的是鸡的哪个部位，所以他们对鸟的骨骼很有亲近感。见到这么一块"特大号炸鸡"的骨头，小会发出"哦"的感叹。虽然这只是一根肱骨，但明显比短尾鹱的更长，有 25 厘米长，多半是黑背信天翁的。这根骨头附近还有一根肱骨，一个女生把它捡了起来。不过找了半天，也没找到头骨。

这一天，学生们还在海岸边捡到了一些属于南方的动植物的漂流物，比如生活在温暖南方海洋中的白斑乌贼的巨大内骨骼，在漂浮的流木上或在藻类上生活的漂浮蟹（*Planes* sp.），还有随着暖流而来的六斑二齿鲀的尸体等。别的学生看见捡到了六斑二齿鲀尸体的同学，就发出了"哇，真好呀!"的感叹。

"老师，你帮我把腐烂的地方清理掉吧。"

一个女生手中提着一具仅剩胸部的鸥类尸体朝我走来。或许是被海浪吹上海岸后被乌鸦啃食过，尸体的翅膀上脏兮兮的沾满了沙子。我端详着这具尸体，决定只留下肱骨根部的叉骨，掰下来递给了她。叉骨是鸟类特有的骨骼，相当于人类的锁骨，但鸟类的左右两块骨骼愈合呈"V"字状。

"女孩子反而更敢去扭死鸟的脖子。"

"还有个女孩用贝壳刮骨头上的肉呢。"

听着母亲们细声细语的交谈，我想起在高校当老师的时候，对解剖动物感兴趣的也是女孩子居多。

"这个巨大的贝壳是什么呀?"

也会听到有孩子问这样的问题,所以说并不是所有的女孩子都在扭死鸟的脖子。孩子们的兴趣是多种多样的,有的孩子只喜欢捡贝壳,还有的则专门捡死鱼。比如有个孩子或许发现了一具干瘪的海鲂(*Zeus faber*),捡起来发现是一条丝背细鳞鲀(*Stephanolepis cirrhifer*),接着又把边上一条大型淡水鲢鱼的鱼鳞拔下来,塞到自己的口袋中。

"ゲッチョ(Geccho,千叶方言,有螳螂和蜥蜴两者的意思)老师(我的绰号),这个好恶心啊!"

一个男孩子开心地叫着,原来他发现了一具腐败的鲢鱼尸体。遇到什么事就单纯开心地大声叫喊的男孩子,也并不比女孩子少。

到了吃午饭的时间,我们向着沙滩上面的堤坝走去,路上一个男孩子突然叫道:"好大的骨头呀!"紧接着孩子们就骚动起来,你一声我一句地争着说"我的""是我的"!等一下,是个脊椎骨?

我迅速瞟了一下孩子们手中的骨头,发现棘突很短,脑袋中立马浮现出"人"这个字。

"等一下!"我赶紧叫停他们,把他们手中的骨头收过来仔细观察。还好,这是一块特征比较明显的颈椎,靠近头部的 3 块颈椎愈合在一块了。这并不是人类骨骼的特征,而是鲸类。生活在陆地上的哺乳动物有 7 块颈椎骨,但回到水中生活的鲸类身体像鱼一样呈流线型,它们的颈椎骨发生了退化,有的种类甚至 7 块颈椎骨全部愈合为一个整体。这个男生找到的这块骨头属于一种小型的鲸类——江豚（*Neophocaena phocaenoides sunameri*）。

于是大家潦草地吃完午饭，就开始四处寻找江豚的骨头了。找着找着就发现这里一根那里一根，四处散落着江豚的肋骨。一个男生捡起了一块肋骨，正好找我发现他的脚边还有另一块肋骨，于是赶紧跑过去捡起来，毕竟我还没有亲自捡到过江豚的骨头呢。

"老师也见缝插针呀！""真像个小孩子一样。"

母亲们看到我这个样子，一边笑着一边说。

不过，我还是受到了一点儿小刺激：一个男生居然找到了江豚的鼓骨。虽说鲸类的骨骼有许多特征，但最有特点的就是它们的鼓骨与头骨是分离的，这种结构有人说是为了让它们更方便听到水中的声音，也有人说是为了适应水下的水压变化，不过目前还没有明确的结论。它们的鼓骨左右各有一对，分别由鼓部和颞骨岩部构成。这便是虽然没有发现头骨，但孩子们仍可以找到鼓骨的原因。

还有一个孩子找到了靠近尾部的脊椎骨腹侧的 Y 字骨，还有一个妈妈自己捡到了一块腰骨。虽然鲸类没有后脚，但就像刚刚讲到的颈椎一样，它们的祖先是生活在陆地上的哺乳动物，所以它们体内仍然残留着为了适应陆地生活的腰骨。这个像棒状一样简单的腰骨可以讲述鲸类演化的历史。这位母亲看出来我很想要这块腰骨，就把它送给了我。当然，也有孩子把好不容易捡到的脊椎骨分给了我，脸上还带着一副"真拿你没办法"的表情。

最后，大家一起开了个骨头展示会，收获真不小。

其实，我并不认为这些与我在波崎海岸边开心捡骨头的孩子们，与接受普通学校教育的孩子们有什么不同。这就是风之谷幼儿园教育想要达到的目的：培养小孩子的好奇心。就连大人们都高兴地聊着有关骨头的话题，应该也受到了影响吧。所以我认为，无论什么样的孩子，只要有这样的机会，他们一样能感受到捡骨头的这种乐趣。

第 2 章

学校中的自然

貉

平时最容易见到的生物有哪些?

我觉得有必要先解释一下"我为什么要去捡骨头"这件事。其实我自己也不是生来就喜欢骨头或尸体。即使没有骨头,我也能够体验到自然的乐趣,所以是不是骨头其实无所谓。去捡尸体做标本也好,带着孩子们一起去捡骨头也好,这本身只是我发现骨骼标本能作为一种有效的工具,帮助我向学生传达生物的乐趣所在(也就是说,只要能传达生物的乐趣,是不是骨头都无所谓)。

这一天,我在位于冲绳本岛中部的一所高校上课,课上我问学生:"提到冲绳,你的脑海里会浮现哪种动物的名字呢?"

学校希望我能讲一些跟冲绳本土自然相关的内容,因此在上课一开始,我便向学生们提出了上面的问题。

我已经在冲绳生活了 15 年,但我并非土生土长的冲绳人,因此在常识的认知上,我意识到自己与那些真正的冲绳本地人存在许多差异。而刚刚那个问题,也是希望从高校生那里知道,到底什么样的生物,才是冲绳人认知中"属于冲绳的生物"。

我让每个学生在纸上写出三种生物的名字,结果多半跟我预想的一样。

按照回答数量从高到低排序，第一个是冲绳秧鸡（*Gallirallus okinawae*），占所有回答的93%；第二位是西表山猫（*Prionailurus iriomotensis*），占74%；第三位是黄绿原矛头蝮（*Protobothrops flavoviridis*，占48%），往下还有红颊獴（*Herpestes javanicus*，26%）和冲绳啄木鸟（*Dendrocopos noguchii*，22%）等。

对于冲绳本地人，我想几乎所有人应该都知道冲绳秧鸡、西表山猫和黄绿原矛头蝮，它们也是冲绳最具代表性的生物。但是，对于生活在这里的人们，先不说黄绿原矛头蝮，真正见过冲绳秧鸡和西表山猫的有几个人呢？（我移居冲绳前还担心过毒蛇的问题，但至今都没有见过，所以说这些物种基本都很难遇到。）

相反，在日常生活中最容易见到的生物又有哪些呢？

这一次，我去了离这所大学不远的一所中学，给初一学生讲课时问道："最近，你们在上学路上能见到哪些生物？"现在我来讲一下学生们给我的一些反馈。

"狗、猫、蟑螂和杂草。"

这就是初一学生的答案。

我在任职的大学里也问过类似的问题："最近见到了哪些生物？"得到的回答按频次排序分别是猫、狗、鸽子、野鸟、蟑螂和蚊子，基本和中学生的答案一样。

我之所以会在课堂上反复地问学生们这个问题，是因为我认为授课内容应该"以学生的常识为基础，最终超越他们的常识"。如果将学生完全不懂的内容作为教材，那么根本没办法吸引他们的兴趣。但是，如果只是将他们已经掌握的知识重复地讲来讲去，那也算不上讲课。虽然我已经当了 30 年的教师，但直到现在我还常常搞不清学生们所掌握的常识范围。所以，我现在总是关注"学生们的常识是什么"这个问题，这或许也算得上是一种职业病了吧。

从之前的问题"最近见到了哪些生物"得到的答案来看，首先让人想到的是，这些学生生活的环境都是缺少自然的城市。这一结论或许显而易见，但通过学生们的回答，这一事实再次得到确认。同时，我还注意到另一件事，那就是在这个现代化的社会中，我们即使不去在乎自然，也一样能够生存。

回答这一提问的学生们所就读的学校都在那霸市内。冲绳本岛的中南部地形比较平缓，自古便有人类不断地开垦，但历史上因为战争，一切灰飞烟灭。战后这里的人口不断增长，并伴随着城市化的无序开发，甚至让人觉得还不如东京的绿地多。而且这里台风比较多，即使是一般住房，也会向水泥建筑方向发展。学校里没有操场，地上也基本见不到土壤。但就算是这样的环境，学校周边也不可能只有猫、狗、鸽子、蟑螂或杂草。

就以鸟类为例吧。虽然我小时候很喜欢各种生物，但当时对鸟类并没有太多兴趣，因此平时也不怎么关注鸟。即使如此，我在写这段文字的几天时间里，还是回想起了在上班路上见到或听到的 6 种鸟的名字：山斑鸠（*Streptopelia orientalis*）、红顶绿鸠（*Treron formosae*）、暗绿绣眼鸟（*Zosterops japonicus*）、栗耳短脚鹎（*Hypsipetes amaurotis*）、蓝矶鸫（*Monticola solitarius*）和日本松雀鹰（*Accipiter gularis*）。刚好，原冲绳大学的鸟类学教授中村和男老师，曾针对大学周边能见到的鸟类种类做过两年的调查。

根据中村先生的调查报告，在大学周边能够观察到的鸟类中，观察频度 1（所谓观察频度，是指见到这种鸟的天数与总观察天数之比，例如观察频度 1 是指每天观察都能见到的意思）的鸟类有原鸽（*Columba livia*）、麻雀（*Passer montanus*）、山斑鸠、栗背短脚鹎和白眼皇鸠（*Ducula perspicillata*）等 5 种，基本每次都能见到的（观察频度 0.9 以上）的有白头鹎（*Pycnonotus sinensis*）和洋燕（*Hirundo tahitica*）。在两年的调查中，一年中至少有 2 天以上观察记录的就有 27 种。单论上学路上可以见到的鸟类，多样性就如此之高，这实在让人惊讶。而我这几天见到的红顶绿鸠的观察频度只有 0.06，居然是非常难见到的鸟种。如果把这个调查放在东京，能达到观察频度 1 的恐怕非大嘴乌鸦莫属。可是在那霸，大嘴乌鸦（*Corvus macrorhynchos*）的观察频度和红顶绿鸠一样，只有区区 0.06，是非常难见到的一种鸟。

看了这个调查结果后便可得知，我们在那霸市区不可能只能见到鸽子这一种鸟。只不过就算有其他种类的鸟，我们也不关心，甚至视而不见。

事实上，就算我们身边生活着很多生物，我们也发现不了它们。

中学生们回答的"草"便是一个很好的例子。我听到这个答案时已经很开心了，学生们居然还能把草也当作生物列举出来。作为理科教师，我特别想较真一下："世界上可没有哪种生物的名字就叫草。"但事实上，学生们没有必要分清路边生长的那些杂草，他们将其统称为"草"就已经可以理解了，并不会在现代社会中为他们带来任何困扰，所以我也没再较真。

我这样思考的时候，发现这样的情况不只出现在冲绳。放眼日本全国各地都在城市化进程中，就算在农村，生活在那里的孩子们也不需要具备识别每一种生物的能力。虽说"狗、猫、鸽子、蟑螂和草"在不同的地区可能会变成"狗、猫、乌鸦、卷甲虫和草"，但这不还是一个意思吗？

这就是现代社会，即使你不去关注身边的自然，也一样能够生存下去。

可是，我觉得自然是一个非常有趣的东西，纵使社会如何发展变化，人类也不能离开自然独自生存。那么，我应该怎样将这样的想法传达出去呢？这也是我日常放在脑中的一个问题意识，换句话说，我每天都在寻找和学生之间的那个接触点。

两种自然

对于少年时代从捡贝壳开始对生物产生浓厚兴趣的我来说，最能让我沉下心放松的，就是自己一个人到无人的森林或海边观察生物；又或是将那些生物采集回来，回到家中将它们画出来的时候。

如果面对的是专门研究亚马孙河流域猴子的学者，将他的研究经历整理出来的话，那必须说明亚马孙河流域到底是一个什么样的地方，也必须解释清楚为什么要研究南美的猴子，而不是去研究非洲的猴子，然后才是针对吼猴（*Alouatta*）和兔猴

（*Adapis*）等各种猴子的调查结果。

那么，我的研究经历又该如何总结呢？

从毕业到现在，我已经当了30多年老师。突然有一天，我发现自己接触时间最长的生物，就是学校里的学生，而度过时间最长的地方也不是森林或海边，而是学校。打开我第一年当老师时写的工作记录，上面记录的都是我见到的一些生物的名字，还有观察笔记。但11年后的工作记录，则变成了下面这些内容：

"1月13日。Sou 同学。小的时候，把短齿型的日本锯锹（*Prosopocoilus inclinatus*）称为'格列佛'；把所有的锹甲就称为锹，把日本小锹（*Dorcus rectus rectus*）叫小锹，而雌性的小锹叫ブーチン（Būchin，宫崎方言），管又大又红的克氏原螯虾（*Procambarus clarkii*）叫龙虾，而且从来不捉独角仙（*Allomyrina dichotoma*），因为他认为独角仙看起来很像是锹甲的天敌。他从书中得知，用黑糖和酒混合的液体虽然可以招来虫子，但吸引来的蜂比锹甲多；虽然知道将香蕉放在丝袜里也能诱虫，但自己手上没有丝袜。

"2月11日。Mako 同学。小学的时候从来不去有蚕的教室，因为害怕一个个虫子扭动的样子。毛毛虫也受不了，像蚊子的幼虫那种小小的跳来跳去的也不喜欢。但是，独角仙就没问题。

"2月23日。Mikiko 同学。小时候揪下走廊上的一根'树枝'就啃，结果吓了一跳，因为这'树枝'居然会慢慢地爬动，原来是一只竹节虫。嗯，有点儿巧克力的味道。"

工作记录中全是像这样的和学生的交流。

回顾我这 30 年来自己的经历，实际上不管思考什么，还是去做什么，都是以学校为中心的。

那么，学校是一个什么样的环境呢？我觉得，可以把学校看作一个"对生物有着浓厚兴趣的老师（我自己）和并没有同样多兴趣的学生"的场所。换句话说，我所做的一切，无非就是找出这两者之间的缝隙，搭建一个可以沟通的桥梁，将这种兴趣传递下去。对我来说，与其说一开始就抱着问题意识去参与这个问题，还不如说是在不知不觉中走上了正轨。

老师面对学生的场合，主要是讲课。就像我前面所写的，"以学生的常识为基础，并最终超越他们的常识"。那么，学生们的"常识"范围在哪里呢？思考这个问题时，对我来说，"什么是身边的自然"才是最应该探究的主题。

我想在本书中明确，以"对于学校这样的环境，身边的自然到底应该是什么？"为主题进行探究的结果。同时，也有必要讲清楚，作为与"身边的自然"对立的另一面：什么是"远方的自然"。我在埼玉县的学校工作了 15 年后，之所以移居到冲绳这样一个全新的地方，正是因为我想去探究一下，到底什么才是"远方的自然"。

我已经在冲绳生活了 15 年，因此冲绳称得上是我的另一个活动中心了。

总之，我将以"学校"和"冲绳"这两个不同的环境为中心，去思考到底什么是"身边的自然"与"远方的自然"，并整理归纳出来，这就是本书的主要内容。

"普通"的含义

一天黄昏，我听到了以前上过我专业课的一名学生的声音。这名学生当年春天从大学毕业后，从 4 月开始就去小学教书了。他说今天正好回学校有点事情，就顺便来找我了。

这位曾经的学生向我请教："我现在负责小学四年级的学生，另外还有理科的教学任务。其中有涉及'随季节变化的自然'的教学单元，课程内容应该怎么讲才好呢……"果不其然，对于在冲绳的小学教课的新任教师们，不管是谁，面对季节变化的问题都会不知所措。

打个比方，当你打开手边的一本小学四年级教科书时，就会看到第一页的题目就写着"感受春天的气息"，然后配了一张土笔的照片。春天就等同于土笔，这是以日本本岛为中心的介绍方式。土笔是日语中对蕨类植物问荆（*Equisetum arvense*）的孢子茎的称呼，而日本九州南面的吐噶喇列岛是问荆（等同于土笔）分布的南限，在冲绳根本见不到这种植物。然而，想要质疑这种"定式"，就必须有相应的问题意识。

反思我自己，即便已经移居冲绳，做了 10 年的大学老师，也是直到和学生们聊到土笔的话题，才意识到冲绳根本没有问荆这种植物。

"我只在教科书里见过土笔的照片。"

"土笔大概有多大呢？"

在和学生的交谈中，我听到这些提问后才意识到，问荆这种植物可不是普普通通随处可见的。

对于出生在南房总市的我来说，南房总的自然就是我脑海中对原始风景的定义。换句话说，我对自然的定义是以日本本岛为基准的，所以即使教科书里"春天"这一单元中出现了问荆这种植物，我也觉得理所当然。可是对冲绳的学生来说，只能在照片中见到问荆也理所当然，所以他们并不会提出"为什么教科书里出现的这种植物在冲绳见不到呢？"这样的问题。而"明明在冲绳根本见不到问荆这种植物，教科书却默认冲绳的学生都知道"的这种矛盾感，正是在我和学生的互动中才终于显露出来的。譬如说，非常难用语言给学生解释土笔究竟是什么样子的。讲到"土笔的叶子就是问荆"时才意识到，冲绳连土笔都没有，学生们当然也没有见过问荆。"土笔通常生长在河堤上"，学生们又会问："河堤是什么？"因为冲绳既没有大的河川，也没有铁路，学生们肯定也没有见过河堤。

不光是土笔的问题。和本岛相比，冲绳的四季变化也不明显，所以很难找到代表四季的生物。那么出现在小学四年级教科书中的这个单元应该怎么教授给学生，也需要考虑。所以这也让出生于本岛的我，开始再三考虑"普通"这个词在冲绳这样的地方所能涵盖的含义。

回到开头说的，那个曾经上过我专业课的学生一方面向我抱怨"教学生如何理解季节是件特别难的事情"，另一方面又说"如果只是按着教科书上的内容讲，也并不是那么难"。近年来，针对小学的教学，相关的教学指导书非常完善，网络上也能下载到很多教学指导。所以说，如果完全按照教科书的内容来讲，就算是新上任的老师也能对教学方法了然于目，确实是一种非常好的方法。可以说，如果没有这样"谁都可以当讲师"的教学方法，就难以维持公立教育。不过，听他讲话的时候，我脑海里又浮现出一个问题：设置能让新手老师掌握的整套教学方法，是不是也夺去了老师在教课过程中产生烦恼、困惑和失败的经历？

30年前，我的教师生活从埼玉的私立中学开始。现在回想起来，那是一所能让我经历烦恼、困惑和失败的稀有学校。在这个过程中，我摸索着自己那套与自然接触的方式，并把它作为成果酿字成书。

像前言中说的那样，我本身是个急性子，还有点儿马马虎虎。能够在这所稀有的学校，换句话说，甚至是有些特别的学校里工作，并不是我自己的选择，而是在当时交往的女朋友的介绍下，自己不想再费心思的选择。也就是说，直到我每天到学校上课教书之前，我都没有意识到这是一所多么特别的学校。

课堂即所有

我大学毕业后任职的第一所学校，是一家新建的私立学校，位于埼玉县饭能市一座被杂木林包围的丘陵上。

如果用一句话来概括这所名叫"自由之森学园"的私立中学的教育理念，那应该就是"课堂即所有"。

1958年，我大学毕业。同年，为了探索如何解决当时令整个社会忧心忡忡的校园暴力及逃学等教育问题，这所学校应运而生。

"不以考试和校规来束缚学生，而是把他们真正想学的知识作为授课内容，这才是解决诸多教育问题的根本。"

所以我用"课堂即所有"来概括这所学校的教育理念。

这种极为简单的想法并不包含什么特别的创新，可是现在我再重新回顾的话，觉得这样的想法还是偏离要点了。

现在（以后也会）有许多以学校为题材的电视剧。我以前基本不怎么看电视（现在则完全不看），所以或许会有遗漏的地方，但以教育为主题的电视剧都以人格塑造为主要内容：什么社团活动啊、学生指导啊，还有课外活动什么的，但好像并没有关于各学科本身的教学对学生性格产生影响的内容——或许把课堂本身视为舞台的话，也就没法拍成电视剧了。然而纵观学生们的校园生活，大多数时间都在上课。那么课堂上的时间是难以忍受的还是充实的，就会大大左右学生们对学校的认知和感受。

在正式开始我的教师生涯之前，校方为包括新任教师在内的所有教师讲解了教学方针。简单来说就是"不管怎样都要让课堂变得有意思起来"。

"这是一所相当特别的学校。"教育类杂志这样评价这所新开设的学校，这吸引了全国各地的学生前来报名。原本高中一年级计划设置 6 个班级，但由于申请者太多，最后直接变成了 8 个班级。

学校的入学考试也包含方方面面：学习能力、表达（音乐类、美术类、肢体表达类）以及课后面试。除此以外（不记得是不是第一年开始就有的项目），还要"掷骰子"，也就是抽签。

因为学校考虑到老师们会把大量精力花在设置考试题目上，或是往面试中分配精力，但正是老师这一角色本身，很可能成为整个过程中的疏漏。换句话说，"在学校这一环境中，老师们有必要将自己的存在相对化"的概念得到了体现。

与普通学校仅靠入学考试体现学习能力，并由此对学生"一刀切"的划分方式有所不同，自由之森学园不单靠学习能力来划分学生，所以同一个班级里的学生甚至会出现多种极端。

而且，这个学校没有校服，校规只有三条：禁止毁坏物品、禁止殴打他人、禁止骑摩托车上学。这里也没有定期的考试或家长通知书，作为通知书的替代品，每个学期期末会以文章的形式，让老师与学生相互评价。所以学生并不会因为考试与规章制度被束缚在课桌后面。学生也并不一定以考上大学为目标（当然也有想要考大学的学生，比如我教的班上就有考上国立大学的），所以并不会有以应试教育为目的的学习。这也是为什么学校对教师的教学方针是"以满足全班学生的授课为目标"。老师不能完全依赖教科书和指导书，必须思考教学内容，回到教育的根本。比如既然要教学生们理科，就要思考学习理科的必要性。

不过我自己也没有接受过这样的教育，所以到底应该怎么讲课才好，也是自己在暗中摸索。结果一学年的课程以失败告终，其中有一段失败的经历让我记忆特别深刻。

那是我在第一学年教高中一年级的生物课，具体讲的什么内容已经完全想不起来了。上课过程中学生有一些吵闹，我就吼了几句，结果坐在前面的一个大个子男生一边指着我一边大笑。

这个男生是新入学的小混混集团中的头儿，腕力强，胆子也大。

那一瞬间我顿悟了，面对这样的学生，想安稳地当个教书匠是行不通的。武力上我也敌不过他，而且还没有校规这样的后盾来为我撑腰。最重要的是，我真的想不出用什么方法能管住他。因此，虽然是上课时间，我还是离开了教室，回到办公室瘫在椅子上。让我感到没面子的是那之后发生的事：一直饶有兴趣听我讲课的一位女生因为担心，跑来办公室安慰我。真是让我有些难为情。

到底怎样才能顺利地把课讲好呢？我陷入了沉思。

3K 法则

我想将自然的有趣之处传达出去，这也是我想要成为一名理科教师的原因。然而我自己并没有完全掌握自然的乐趣，这仿佛才是问题的根源。虽然我觉得会花费一些时间，但如果我自己都不能多了解一些和自然有关的知识，授课计划也就无从开始。

继续讲着失败的课的同时，我还明白了另一件事，那就是我觉得有趣的东西，学生们未必觉得有意思。于是在讲课过程中，我也略微发现了那些并不喜欢生物的学生的兴趣点。

就像前面讲到的，我任教的这所学校没有校规和考试来束缚学生，因此像我教的这种"没用"的课，课上就会陷入学生睡觉、吵闹或不知去向的局面。

但是，并不是没有策略可以打破这种局面。

我暂且把能够打破这种局面的教学方法命名为3K法则。

3K，取自日语三个单词的首罗马字母，即恶心、可怕和吃。

一般来说，如果让你来选花或动物的尸体（当然这是比较极端的选项），大多数人肯定会选择花。但从选教材的角度来看，我想结果未必如此。因为，从理科老师的角度来看，学生们喜欢和讨厌的东西并非位于相反的位置，喜欢的和讨厌的东西在吸引学生的兴趣点上是一样的。因此在课程设计上，难以变成教材的不是学生们讨厌的东西，而是他们毫不关心的东西。

所以，如果把动物的尸体带进教室，就算睡着的学生也会打起精神来。事实确实如此，不管是死蛇还是死鸟都可以，要是拿一只死貉来上课，教室里马上就热闹起来了。虽说确实很恶心，但至少这东西有一种力量，它能打破学生们对事物毫不关心的外壳。

即使自称喜欢生物，在成为生物老师之前，我也只是去观察一些自己喜欢的东西，比如贝壳、昆虫、菌子或高山植物之类的。但对这些中高年级的学生来说，昆虫属于小学时代就已经玩腻的东西，对于贝壳或花草之类的更是完全提不起兴趣。在我为讲课失败而一筹莫展的时候，我又开始捡动物尸体。也正是从这个时候开始，除了照顾自己的喜好，我开始带着"学生们对哪些生物感兴趣"这样的问题去观察生物。

不过，带着动物的尸体到教室并不是件易事。因为保存尸体本身就很麻烦，所以我开始尝试把尸体做成骨骼标本然后带到课堂上。不过，在此之前我也没有做骨骼标本的经验。偶尔会在理科教育杂志上看到将动物骨骼标本制作成教具的介绍，大概是用锅来煮，或者用水把尸体泡烂来获得骨骼，不过最关键的是，做骨骼标本的尸体从哪里来？

我成为教师半年之后，制作的第一件骨骼标本是猪的头骨。我所在的学校有食堂，那个头骨就是食堂的工作人员帮我在食堂指定的肉店拿到的，拿到的时候上面的皮已经被剥下来了，但眼珠子还保留在原位。

我找到负责家庭科的教员，也没说明理由，就借用了家庭科的教室和一口大锅。放学后，我就用这口锅开始煮猪的头骨。虽说在这所学校工作遇到了很多困难，但有趣的地方就在于有个男生发现了我在这儿煮猪头，他径自拿了个碗来盛肉汤，放了点椒盐就开始喝了。好奇心旺盛且富有执行力的学生大有人在。

煮了几个小时之后，我把猪头拿出来放凉，开始剥上面的肉。抠猪眼睛可是费了我九牛二虎之力。为了取出猪脑，我用筷子从头骨后方连着脊椎神经的开口处捅进去，一点点弄出来。这么折腾了一番，上面的肉也没取干净，于是又重新煮。最后，就这么煮吧煮吧，姑且算是分离出了个头骨。

结果第二天，学校的后勤人员就来找我了。在这之前，我曾问过这位本地的后勤人员"我想找动物的尸体做骨骼标本，但不知道去哪里找"。他还记得这事，那天就通过他的一位猎人朋友，给我带来了一只野兔的尸体。

我煮猪头是第一次，这么近距离地看野兔的尸体也是第一次。我先把它的样子画下来，接着用裁纸刀把皮剥下来。虽然拿到时它的内脏已经被处理过了，但毕竟是第一次做这种事情，仅仅是把兔子上身的皮剥下来就费了我好大的功夫。我想留下的只有头骨，但人家好不容易帮忙捕来了，所以我决定把剩下的肉吃掉。我问了东北[1]长大的同事，他说兔子肉应该和牛蒡一起煮酱汤吃。于是那天晚上我就煮了野兔酱汤。之前喝了我煮的猪头肉汤的学生正巧来我家玩，于是他也一起喝了野兔汤。因为没有充分给兔肉放血，煮出来的汤完全是黑乎乎的，肉的味道有点儿像鸡肉混合了羊肉。而最让我遗憾的是，最重要的兔头被猎人用子弹打中而碎掉了。煮过的骨头上面还残留着一些肉，还要考虑如何处理已经碎掉的骨头。于是我把这些骨头埋在放满沙土的水桶中，放到屋檐下。

以上就是我开始处理骨头的经历。

初次解剖

只要我开始着手做些什么，周围就会像水波纹震动一样受到影响。渐渐地，我开始收到更多的动物尸体。

首先收到的是鼩鼹（*Uropsilus soricipes*）。学校周边有一些半野化的家猫，学生把家猫抓到的鼩鼹尸体交到我手上。我先是照着尸体把它画了下来，几个学生看到我的画，就说"是老鼠呀""是鼹鼠啊"。没错，鼩鼹和鼹鼠都属于食虫类，但它

---

1. 指日本东北地方。——译者注

没有鼹鼠那种生活在地下的特殊习性。鼩鼱的前脚爪子很长，但没有像鼹鼠那种像"铲子"一样的前脚。另外，为了能在地下狭窄的通道里前进或后退，鼹鼠身体前后都长得差不多，像个红薯，尾巴特别短。而鼩鼱有一条长长的尾巴，只是没有老鼠尾巴那么长。而它的眼睛确实跟鼹鼠的一样比较小，没那么显眼。

我试着解剖学生带给我的这只鼩鼱。虽然以前上大学的时候，我在生物实验课上解剖过牛蛙，在专业课的形态学实验上还解剖过老鼠，但非要说的话，其实都是逼不得已才参加的。回想起那时的我笨手笨脚的，在形态学实验中把解剖好的老鼠制成显微观察材料。先要把染了色的内脏埋在石蜡中，再用像刨子一样的切片机将内脏组织切片。我怎么做也做不好，想起来都是些痛苦的回忆。但这次在没有任何人的指示下，完全凭着自己的意志去解剖，把它的头取出来放在锅里煮，做成头骨标本。

入职一年半后的一个秋天，我又得到了一只比鼩鼱还大的貉的尸体。

和之前处理鼩鼱一样，我先把它的外形画了下来。

单从外表看并不能断定它的死因，但从它体表的蜱虫和跳蚤来看，死亡时间应该还不太长。第一次这么近距离看到貉，我的第一印象就是，"并没有漫画中描绘的那种圆滚滚的脑袋啊"。足部内侧的肉垫是灰色的，我战战兢兢地轻轻摸了一下，指尖传来了软软的触觉。机会难得，于是我取来印台，把它的足迹印了下来。对于当时的我来说，敢做的也就这么多了。所以我当时并没能独立解剖一具貉的尸体并取出它的头骨。后来在学生的协助下，我们在校园里挖了个坑，把它埋了进去。

而我真正得到貉的骨骼，是又过了一年半之后的事了。这次并不是直接从别人那里拿到尸体自行解剖，而是我捡到了一具因交通事故死亡后在野外已经白骨化的遗骸。这只貉的头骨上有明显因交通事故而产生的裂痕，还有一部分骨头已经丢失。即便如此，当时的笔记上还是有这样的记录："终于得到了一直心心念念的貉的骨头，虽然有点小，但还是意外的惊喜。"最后，我把它的头切了下来，剥掉头皮，放进锅里煮，最终得到了头骨。一通操作下来，好像也没什么特殊想法了。

貉的头骨长约 11 厘米，很适合作为教材。对学生来说，虽然不一定见过活着的貉，但对貉的名字一定不陌生，毕竟它经常出现在传统神话中。但要是把貉的头骨拿给他们看，问他们这是什么动物的头骨，一般没有学生能猜对。对学生们来说，貉是一种他们貌似知道，但实际并不了解的动物。之所以不会想到眼前的标本就是貉的骨头，正是因为他们就像第一次近距离观察貉的我一样，先入为主地认为"漫画里貉的脑袋是圆圆的"，它的头骨想必也应该比我手中拿着的这块头骨更圆才对。

貉的头骨前面有尖锐的犬齿，臼齿的端部也很尖，所以看到这样的头骨，马上就能想到这是一种食肉动物。因此我问"这是什么动物"时，学生们会回答是狗、猫、黄鼬（或者红颊獴）、鳄鱼或蛇等。这里我想说一点，就像之前提到过的，在城市化进程中，学生对身边动物的认识多限于猫、狗、鸽子、蟑螂或杂草这样模式化的回答。而他们看完貉的头骨后还能给出猫或狗这样的答案，说明他们连猫或狗的头骨都没见过。可以说，对学生来说，猫或狗一样是他们看似知道但实际并不了解的动物。所以这样的授课内容不仅能让学生们认识实际上他们并不了解的貉，还可以借此机会解释猫和狗这两种动物因为不同的生活方式而有着不同的头骨形态，让他们意识到就连猫狗这些看似熟悉的动物，他们了解得也不够深入。狗的鼻尖向前延伸，因为它们是依靠嗅觉来追踪猎物的动物。而猫的头骨略成圆形，嗅觉不太灵敏，但两个大大的眼窝冲向正前方，是利用立体视觉把握距离然后慢慢靠近猎物的伏击型猎手。貉的头骨属于狗那种类型，但和狐狸的头骨比又略显细长，犬齿也不发达。比起狩猎，貉更擅长捡食。

在这之后又过了半年，也就是我做教员后的第三年的秋天，我才真正完整地解剖了一只貉的尸体。回顾我的这些经历，我发现要做到轻松地和死尸打交道，要花费相当长的时间。

第一次解剖貉是在名为"饭能的自然"的选修讲座上。我把学生分成几个组，分别解剖从野外捡回来的貉、鼩鼱和麝鼩（Crocidura）之类的死尸。理科教室的空气中飘浮着除臭线香的味道，交杂着学生发出的"好臭！""好恶心！"的声音，但又能在他们脸上看到那种平时在普通课堂上看不到的兴奋。结果从下午 1:20 分开始的课一直持续到傍晚 5:30 左右。这要是平常上课，我讲上 1 个小时，下面的学生就已经坐立难安了。这些小动物（的尸体）居然有一种让学生们为之痴迷的力量，真是神奇。

这次解剖课上，我最感兴趣的是对貉的胃容物的观察结果。

女生们一边说着"简直要上瘾了",一边从黏糊糊的胃容物中把固态物拣出来。这些尚未消化的固态物可以揭示野生貉的食谱,有小鱼、鱼鳃、蜻蜓和苍蝇的翅膀、牡蛎等。虽说从铁头骨可以推测出动物的生活方式,但胃容物可以更真实地反映这种动物到底是如何生活的。这样看来,动物的死尸不仅能用来做骨骼标本,也能让我们从中了解它的生活,是非常珍贵的东西。并且,参与解剖还能极大地调动学生们的兴趣,甚至连处理尸体和制作骨骼标本的主角,也开始从我本人慢慢向学生那边转移。

解剖团的诞生

我工作后的第七年,发生了一件让我出乎意料的事情。居然有学生直接找到我,说想亲自将一具动物尸体做成骨骼标本。

我找出当时的日记,那是 1992 年 5 月 11 日。

早上,高二的瑞穗拿着一只貉的死尸来到办公室,听说是在学校附近的 W 屋边上被车轧死的。放学后,我和小呗、雄友、近藤、富麻还有瑞穗一起把貉给解剖了。打开装尸体的袋子时我吓了一跳,眼睛以上的部分都不见了,或许是被车撞到的时候撞飞了吧,第一次面对如此惨不忍睹的尸体,多少还是有点儿害怕。尸体的肚子鼓鼓的,打开后肠子就从腹腔中掉了出来。解剖过程中,我们想试着把大脑取出来。正好这具尸体的头骨因为事故裂开了,于是把肉切掉,把头顶部的骨头取了下来。这个时候大脑就完全显露出来了,接下来就是一场苦战。

我们拿着锯子、剪刀和老虎钳一点点撬开头骨，剥下黏膜，终于把大脑整个儿取了出来。它的胃中都是一些残余剩饭。其间还听到学生交谈："好无聊呀，就没吃点儿别的有意思的东西吗？""下次我们去解剖鱼或鼹鼠吧！"我给他们起了个名字，叫解剖团。

以上是我当时在日记中记载的一些内容。直到我离职前的 8 年间，我一直和解剖团的学生一起活动。

这个解剖团不算社团活动，而是由有意愿的学生组成的自由团体。因为如果以社团形式组织的话，就有可能变成只有几名兴趣浓厚的核心成员参加的活动。与这相比，能够让一时兴起来参与活动的学生也加入进来，这样的开放性团体会更有意思。这个小小的解剖团有时候也打着"骨头团"的名号开展活动。

比解剖团（骨头团）首批成员更加活跃的，是第一期解剖团之后的二期成员，他们的个性更加鲜明。挑起解剖团大梁的是之后留学德国、在标本专业学校学习并取得教师资格的稔。他回国后成了日本第一位标本师。还有一名主力成员就是现在闻名日本全国、在大阪自然史博物馆成立"难波骨头团"的真树子。

我的解剖生涯从用大锅煮猪头开始，没过多久又捡来了因交通事故而死掉的貉，并开始制作骨骼标本。当初无非就是做个头骨标本，顶多再解剖确定一下胃容物，然后就把尸体的其余部分全埋在校园里了。但是自从稔加入解剖团活动后，从貉的解剖到之后解剖猫头鹰和乌鸦等鸟类，我们把这些动物身体内所有的骨骼都取了出来，最终重新组装成了一具具完整的骨骼标本。我想用我当时的日记，来描绘一下那时候稔的样子。

1993 年 9 月 6 日。暑假结束的日记。

真树子给我从韩国带了礼物：鼹鼠干。很开心，但真的挺臭的。稔在北海道捡了四箱骨头。他能背着帐篷，在腰上系上绳子拖着找尸体，实在是强者。除了海豚，还有海狮、海鸥之类的，真的很厉害。而且，他还把黏糊糊的海豚尸体分割后打包寄给我。包裹寄到学校宿舍后，箱子里全是蛆，实在是太臭了，当时甚至引起了一阵骚动。我把外面的塑料膜扯开，然后重新用布包上，连着布一起丢进铁桶里煮，空气中都飘着腐臭的气味。不过我还是特别感谢他帮我捡来这些骨头，太了不起了！脱帽致敬！

1994 年 5 月 6 日。这是那年黄金周假期结束时的日记。

今年的春假，我在五岛列岛[1]的福江岛海岸见到了短肢领航鲸（*Globicephala macrorhynchus*）的头骨，不过上面还粘着腐烂的肉，没法捡回家。听了我的话，稔就利用黄金周搭便车去五岛捡鲸的骨头。结果，他捡了 6 箱，把差不多 6 头短肢领航鲸的骨头送到了学校（日记上还记载了那时我和稔的对话）。稔说："人的欲望是无限

---

1. 五岛列岛：日本九州最西端，归长崎县管辖。

的。但是只要见到骨头，就特别特别开心。不过如果被问到你捡这些干什么呀，我就不知道该怎么回答了。"好不容易从埼玉来到五岛，当地的老爷爷帮他用船把这些骨头运了回来。

直到现在，稔捡来的其中一个短肢领航鲸的头骨，还被我作为教具在大学上课时使用。

稔和真树子毕业后，擅长制作鱼类骨骼标本的友木，还有想把假牙清洁剂用在骨骼标本制作上的宇太又先后加入解剖团，让我们这个团队的骨骼标本制作技术有了飞跃式的提升。对我来说，制作骨骼标本就是一个初出茅庐的老师和学生们一起进入一个未知领域，作为获得某种技术和知识的一连串的过程存在着。学校是一个每年都有新生入学、老生毕业的"循环"场所，但也有其唯一性。从未知到已知，和制作骨骼标本的学生们交流，于我而言是独一无二的。对我来说，这是一段故事，是一段只把尸体作为主角就无法成立的故事。正是因为偶然间我和学生们一起，把这些动物的尸体作为研究对象，才有了这样一段独特的经历。所以我认为，老师和学生有着共同的目标，并且相互贡献智慧向前进的过程，才是对双方来说再好不过的体验。

在自由之森学园，我与骨头和尸体打了 15 年交道，因此理科准备室又被学生们称为"骨头屋"。这样看来，骨骼标本确实打破了学生对事物没有兴趣的坚硬外壳，成了优秀的教材。而且只要开始动手尝试，你就会发现制作骨骼标本并不需要准备什么特别的工具，是一种触手可及的探索自然的方式。我的另一大感触就是，居然连捡动物死尸这种事情也能编织出这么有意思的故事。但最重要的还是，我明白了学校也能成为与生物打交道的场所。

在现代社会，人们的选择非常多，吃的点心、有意思的电视节目，有太多可供我们选择的东西。然而，与自然接触，不像上述这样"任君挑选"，而是从我们意识到什么没有被呈到眼前这一点开始。这种意识又能和其他东西联系到一起。应该注意到什么，又如何将它们联系到一起，每个人的思考方式千差万别。我认为享受自然的乐趣便是编织和自然相关的故事。只有编织出自己作为主人公的那段故事，才能享受到自然深奥的乐趣。在之后以各种各样的主题观察生物的过程中，这样的想法逐渐成了我的核心思想。

如果说有什么要补充的话，说到学校，特别是上课这件事，经常被认为只是应付一下走个过场，但我想说不是这样的。"讲课即所有"——作为自由之森学园的教育理念，这里所讲的"讲课即所有"并不是说学校生活就只有上课，而是说，假如真的把课堂内容充实起来，课堂之外也能同样充实起来。这是我回顾这段骨骼标本制作故事后所产生的想法。

第3章

聚焦令人讨厌的东西

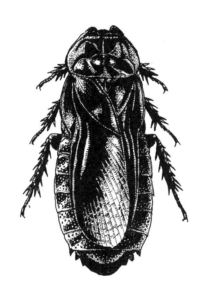

黑褐硕蠊（石垣岛，50毫米）

最讨厌虫子了

跟骨头不一样，我从小学的时候就开始喜欢虫子。可是在学校这样的地方，与虫子打交道的方式有了很大的变化。

说到我与虫子和学生们之间的故事，还要追溯到我在自由之森学园任职的第一年给初中一年级学生上课的时候。

刚刚结束一个小时的课程，一个女生战战兢兢地跑到讲台跟前对我说："我特别讨厌虫子，所以讲课的时候最好别讲虫子好吗？"然后斜眼看了一下目瞪口呆的我，又慢慢回到自己的座位上去。

这样子啊，原来中学生对虫子没兴趣。

作为新上任的理科老师，我当时没过脑子就完全信了她的话。

初中生和高中生真的是对虫子一点儿兴趣也没有，讨厌虫子的人反倒更多。比如说，一只蜜蜂飞进教室后，马上就能引起一阵巨大的骚动。

但是，终于有一天，我明白了不应该以偏概全地去理解那个女生的话。这与自由之森学园的选址也有很大的关系。

　　自由之森学园设有学生宿舍，所以在这里读书的学生来自全国各地。但毕竟是从池袋坐电车只要一个小时就能到的饭能市，所以走读的学生也不在少数，其中以住在东京都内和埼玉县市区的学生为主。饭能市地处关东平原尽头与秩父山之间的丘陵地带，河岸地带的狭长平原通往山地，两侧是连绵不断的丘陵。这片丘陵被杂木林和人工林覆盖，沿着山涧的沼泽地区曾经都是一块块水田。现在这些水田早已弃耕，很多地方都经过了场地平整，改造成了高尔夫球场或住宅地。不过，在距离池袋一小时车程的饭能市，还能看到成片的绿地。

　　而自由之森学园距离饭能市区还要一个小时车程，建在一个被杂木林和人工林包围的小山丘上。所以，这会导致什么结果呢？那就是即使在城市中几乎接触不到虫子的学生，在学校里与虫子接触的机会也不得已地多起来。于是，不管对虫子有没有兴趣，学生们都会来我这里报告或请教一些与虫子有关的问题。

　　比如，"我没见过这种虫子"或"这虫子咬不咬人？"之类的。

　　不过，在与学生交流的过程中，我总觉得学生并不是带着"好意"（也就是说，他们本来并不喜欢虫子），而是带着"不安"或"疑惑"来找我的。举个例子，在自由之森学园任职的15年中，几乎没有学生和我聊过蝴蝶，或是带着真的蝴蝶来找我。就算他们看到了蝴蝶，也只会想"哦，是只蝴蝶啊"，关心止步于此。但蛾子会时不时地成为他们来找我问问题的对象。因为对学生来说，虽然蛾子是令人讨厌的虫子，但正是因为讨厌，所以才意识到不了解它们，因此偶尔见到奇怪的蛾子就会被吓到。

晚上，一只长着淡蓝色翅膀的曲缘尾大蚕蛾（*Actias artemis aliena*）飞到了宿舍的灯下。第二天一早，学生们就跑到我那里报告，惊讶地说："居然还有这么漂亮的蛾子!"

教室里有时也会飞进大透目天蚕蛾（*Antheraea yamamai*），一个女学生把它拿到理科研究室，嘴里还说着："虽然我之前也觉得蛾子很恐怖，可是看它身上毛茸茸的样子，反而觉得有点儿可爱呢。"她问我："这只蛾子吃什么?"听到我告诉她"大透目天蚕蛾的成虫口器退化，什么也不吃"之后，她非常吃惊。

总之，就是这种感觉。学生也时不时地会问和蜂类相关的问题。他们还会问在木材场见到的灶马是什么虫子，还有的直接把黄色的柯氏素菌瓢虫（*Illeis koebelei*）拿给我，问会不会是新物种。甚至对于蟑螂，学生们也会问各种各样的问题。

对讨厌虫子的学生来说，蟑螂肯定是最讨厌的虫子。虽说如此，可是就像蛾子一样，越讨厌的东西反而越容易被注意到。或许正是因为讨厌过头了，偶尔仔细想想，就会发现自己不了解的东西还有很多。

饲养蟑螂

自由之森学园的教学生活中，有一件事让我记忆深刻。那是学生们与蟑螂的一段小插曲。

虽然在最开始的"饭能的自然"课上，我还亲手解剖过貉，但后来一段时间的课程中，我决定将学生们分成几个小组，让他们自由选择与饭能本地自然有关的主题，展开研究。有一年，一个小组就选了蟑螂这个主题，而且组员全部是女生。

她们做了许多计划，比如比赛谁在学校里抓的蟑螂最大，或者通过饲养来调查蟑螂的生态习性，等等。因为自由研究只有几个月的时间，所以并没有推进到预想的进度。但看着这几个女生，我觉得蟑螂仿佛有一种能够吸引学生的特性。比如，放寒假时需要把饲养箱带回家，但开学时，那个女生把饲养箱落在了上学路上坐的电车上，于是只好强忍着觉得丢脸的感觉，去把饲养箱取回来之类的。那时我的脑海中灵光一现——为什么不把蟑螂当成教材呢？因此，作为教材之一，我自己也开始尝试养蟑螂。

全日本一共记录有 52 种蟑螂，经常会跑到家中的不过 10 种左右。虽然蟑螂一直被列为最让人感到不适的虫子之首，但大多数蟑螂并不会跑到家里来，它们一生都在野外生活。

如果不是因为有些种类的蟑螂跑到了人类生活的居室内，恐怕蟑螂会是只有喜欢虫子的人才了解的虫子。

不过，蟑螂为什么这么招人讨厌呢？让我们来想一想它们被讨厌的理由吧。近些年来，人们讨厌蟑螂的倾向忽然变得强烈起来，这或许也是城市化的一种表现。试想一下，现在居所的封闭性越来越高，这反而导致人们对蟑螂的嫌弃感有所增加。以前人们在农村生活，没有在家门口装锁的习惯，只要门帘拉开，从外面就能看到家里的一切。在传统日式房屋的外廊，前来简单拜访的客人，就会在此与主人交谈。但在现代社会，人们的屋子都会为了防止外人轻易进入而装上门锁，没有主人的允许就没法通过玄关的门进入屋内。由于这种封闭性，人们更加强烈地认识到屋内的空间是属于自己的私人世界，这样一个"自我"的世界，如果随意有外人（蟑螂）出现，就非常恐怖——或许，这本身就是绝对不允许出现的事情。但反过来说，蟑螂是在城市化过程中残留下来的最后那抹自然。人类不可能去控制自然。随着自然科学的发展，还伴随着科学技术的产业化，人类自以为是地认为"我们可以认清自然，并控制它"。我认为这种想法还在不断蔓延。这种自以为是的想法，正是人们在"3·11"事件[1]发生后所讨论的焦点，关注这其中暴露出来的核电站问题。蟑螂作为一个会出现在我们身边的珍贵存在，教会我们："自然中总会有自己无法控制的东西。"

　　我们说回蟑螂本身吧。在屋里出现的蟑螂大多是广布种，市区的室内常见黑胸大蠊（*Periplanete fuliginosa*）和德国小蠊（*Blattella germanica*）。而像冲绳这样靠南的地域，室内多见的是美洲大蠊。这三种蟑螂无一例外都是外来种。美洲大蠊原产于非洲，被认为随着奴隶贸易而扩散到了世界各地。但像这样已经成为"世界公民"的外来物种，很多已经搞不清它们的原生地了。唯一在室内出现的日本固有种只有日本大蠊。在日本的关东地区，夏天去杂木林找独角仙的时候，便可以看到日本大蠊和其他虫子混在一起享用树汁。在自由之森学园所在的饭

---

1. "3·11"事件：2011 年（平成二十三年）3 月 11 日东日本大地震，受灾地区主要集中在东北、北海道、关东等日本东部地区。地震引发的巨大海啸导致福岛第一核电站事故。

能市区，能在屋内见到的就是这种蟑螂。不过，有些地方由于外来物种的入侵，已经见不到日本大蠊了，室内见到的更多是黑胸大蠊。这么看来，饭能市室内见到的蟑螂，称得上是郊外型（原生种）。

我想尝试养蟑螂的最主要原因，是总有学生来问我："是不是只要看到一只蟑螂，周围就真的会有 30 只？"那么，蟑螂的繁殖率真的比别的昆虫高吗？

繁殖率高的动物要么性成熟早，也就是从幼年到成熟期短；要么就是产卵数量多。蟑螂从一枚卵变为成虫需要多长时间，以及它一生中会产多少卵，这些问题我决定靠自己亲自来证实。我自己也会想，如果不是因为当了理科教师，我这一辈子也不会去养蟑螂这种东西吧。

饲养蟑螂也不是件易事。为什么呢？蟑螂的发育时间超出了我的预想，真的很长。4 月产下的卵先是孵化成若虫，然后要经过两次冬眠，直到第三年春天，总共经过 655 天才会羽化为成虫（当然，发育时间也会因饲养条件或种类而异）。而且，日本大蠊产卵量差不多在 200～400 枚，并不比其他昆虫多。蟑螂是一类起源古老的昆虫，一般原始昆虫的发育时间都比较长。之所以我们会有"只要看到一只蟑螂的话……"这样的想法，主要是因为对蟑螂来说，家里的食物非常丰富，被天敌捕食的风险也小，生存的方方面面都对它们有利。换句话说，室内的生存条件不容易导致蟑螂死亡。

通过和学生们的各种交流，还有结合自己的观察结果，我也开始慢慢地把虫子（当然也包括蟑螂）引入课堂作为教材。

在小学讲虫子

在自由之森学园，我确实学习到了很多东西。但在那儿工作 15 年后，我便离职了，移居到了冲绳。我是个先行动再思考的人，包括这次从学校离职去冲绳也是如此，并不能用一个清楚的理由概括。但多少有几个具体的因素，如同后面要讲到的，我的想法是去探究"远方的自然"，而非"身边的自然"。总的来说，就是觉得可以找到有趣的事情吧……我就是出于这种模模糊糊的缘由而决定辞职的。

移居冲绳后，我开始体验一个全新的环境：一所小学。第一次是给冲绳本岛南部的小学三年级学生上课。"小学三年级的理科课程有昆虫这一单元，但我们学校大多是女老师，都比较害怕昆虫，所以想请您来给我们讲昆虫课，可以吗？"我在想，怪不得会接到学校这样的请求。

不过对我来说，在小学这样的环境讲课也是第一次，所以也会有一丝不安。特别是教案，很让我苦恼。无论如何，讲课都应该"以学生的常识为基础，并最终超越常识"，所以我首先要搞清楚小学生们的常识在哪里。可是我刚来冲绳没多久，也没教过小学生，根本不知道冲绳的小学生们都知道哪些昆虫。于是我在街上走来走去，去调查冲绳最常见的虫子有哪些，依此开始制订教学计划。

首先映入眼帘的是庭院树木上的蓑虫。虽然很多人都知道蓑虫，但要问蓑虫具体是一类什么样的虫子，知道的人其实不多。

"蓑虫会变成什么呢?"

多年之后,我开始在大学教书后,一位教算术的同事问了我这样的问题(她曾经担任过小学校长)。我在想,原来连一个多年担任过小学教职工作的人都会问这样的问题。

蓑虫实际上是蓑蛾的幼虫。在冲绳,常见的有茶袋蛾(*Clania minuscula*)、黑艳避债蛾(*Bambalina* sp.)和台湾白脚姬蓑蛾(*Manatha taiwana*)的幼虫,也就是蓑虫。茶袋蛾的袋囊有 3 厘米长,表面由切断的小树枝围起来;黑艳避债蛾的袋囊表面没有明显的树枝,差不多有 4 厘米长,整体是细长的,端部很尖;而台湾白脚姬蓑蛾的袋囊很小,连 2 厘米都不到,表面黏着切成小片的叶子,上面还混着幼虫蜕皮后留下的头壳。这些不同种类的蓑蛾,袋囊的样子也各不相同,所以单从袋囊就能分辨出它们的种类(当然,也不可能搞懂见到的所有蓑蛾的名字)。

就算有人知道蓑虫是蛾子的幼虫,但见过它们羽化为成虫的过程的人很少。蓑虫是一类非常有趣的虫子,就以茶袋蛾为例,幼虫在袋囊里化蛹,雄虫最终会变成有翅膀可以飞走的蛾子,而雌性羽化之后也没有翅膀,仍然是一个毛毛虫的样子,连足都退化了。羽化后的雌蛾就像一个简略版的毛毛虫,别说跑到袋囊外面,它们连自己的蛹壳都钻不出去,只能待在里面等着外面的雄蛾过来跟它交配。交配后的雌蛾会在袋囊里产卵,同时也完成了自己的一生。

我在冲绳的小学讲昆虫课时,就把蓑虫作为教材引入课堂。我把收集来的茶袋蛾的袋囊带到教室,每个人分一个。等分给所有人后，就让孩子们自己去观察袋囊里的状况。

有的袋囊里还有活着的幼虫，有的则是死去多时变成木乃伊状的幼虫，还有的是雌性或雄性的蛹。这次课正好是 3 月初，或许因为正巧是茶袋蛾化蛹的时间，所以才能见到幼虫或蛹两种不同阶段的袋囊（日本本岛的茶袋蛾在 6 月左右羽化）。

通过实际的教学操作，并没有出现什么令人担心的状况。自由之森学园孕育出的这种教学方法在小学一样适用，但与初中生和高中生不同的是，在三四年级阶段，不管是男生还是女生，基本都很喜欢虫子。

让人厌恶的东西却很受欢迎

我不光把蓑虫当作教材，还将其他的虫子引入了课堂。

我对学生们说："蓑虫会自己做巢，但也有的虫子会把人类的房间当成自己的家。"由此把话题引到了蟑螂上。

因为有了之前在自由之森学园教学的经验，我知道那些讨厌虫子的初高中生是可以接受蟑螂的话题的。那么喜欢虫子的小学生们，对蟑螂又会产生怎样的反应呢？

"在人类的住所出现之前，蟑螂生活在什么地方呢？"我通过这样的问题来引导学生。

在围绕这个问题的交流中，学生们了解了除了在家里活动的蟑螂，还有的蟑螂本身就生活在野外。

于是，我拿出了之前饲养的黑褐硬蠊，让他们看一看生活在野外的蟑螂长什么样子。这是一次非常特别的课程，如果没有这样具有冲击力的效果，也就失去了特意把我喊来给孩子们上课的意义。

就像之前用骨头和死尸来打开学生的好奇心一样，用活蟑螂也能打开他们的好奇心。所以我才在家里养起了蟑螂，来随时应对可能开始的昆虫课。

如我所愿，孩子们一听到要有活蟑螂出现，马上兴奋得"哇"地叫了起来。此时我意识到，他们并非因为课堂内容无聊而交头接耳，而是因为关心授课内容而产生了骚动，这是活跃课堂气氛的重要因素。

黑褐硬蠊体长可达5厘米，是日本蟑螂家族中的重量级选手，从青森一直到屋久岛，还有八重山群岛都有分布（但冲绳本岛没有）。分布在八重山群岛的是其中的一个亚种：八重山硬蠊（*Panesthia angustipennis yayeyamensis*）。这种蟑螂生活在朽木中，平时也以朽木为食，相比于家里的那些蟑螂，它们跑得并不快。

学生们见到黑胸硬蠊在我手上温顺地趴着的样子，慢慢开始尝试着去摸它。虽然成年的黑胸硬蠊也有翅膀，但它们不会飞，行动也特别迟钝，还有短短的触角，一点儿也不像蟑螂。看它那黑亮的样子，再加上生活在朽木里，让人不由联想到独角仙和锹甲。

"老师有没有给它起什么名字呀？"学生问道。

我可没什么兴趣给蟑螂起名字，不过这个问题实在是让我出乎意料。但我急中生智地回答道："蟑次郎。"这么搞笑的名字马上让蟑螂更受欢迎，下面的学生都在说："老师把蟑次郎拿到这边来嘛。"后来，甚至还有学生像我一样把蟑螂放在了自己的手上。

通过这次在小学授课的经历，我发现对喜欢虫子的小学生们来说，蟑螂一样很有吸引力。这样看来，蟑螂也并不是那么令人厌恶，反而很受欢迎呢。

喜欢的虫子与讨厌的虫子

在给小学生上课的过程中，我总算搞明白了冲绳的小学生对虫子有哪些常识，也慢慢明白了没必要每次上课都根据人数去收集蓑虫。在对课程进行了改进之后，开始上课时我会先问学生，分别喜欢和讨厌什么虫子。这一提问的目的在于，作为老师，我可以反复确认学生对虫子的认知，而孩子们也会在回答的过程中，认识到自己是如何看待昆虫的。

比如，在宜野湾市[1]某小学二年级的课上，我问道："你们喜欢什么虫子?"下面的学生马上就开始回答：独角仙、蝴蝶、黄金鬼锹、瓢虫，甚至还有蜥蜴。而问到"讨厌的虫子呢?"时，学生们则说到蚯蚓、蜂、蟑螂、金龟子、蛞蝓、马陆、蚰蜒和蜗牛。

小学生被问到喜欢的虫子，基本上都会提到独角仙、锹甲和瓢虫。甚至还有学生能直接说出具体的名字，比如黄金鬼锹、长戟大兜虫等，当然，能答出这些名字的基本都是特别痴迷虫

---

1. 宜野湾市：位于冲绳本岛中部。

子的男孩子。

确实可以拿这些孩子喜欢的虫子作为教材，但这样的后果可能导致只有喜欢这些虫子的学生热情高涨，那些不喜欢的学生很可能就没法被课堂上的氛围所吸引。但被问到讨厌的虫子时，包括女孩子在内的多数学生会举手回答。所以我认为，或许拿讨厌的虫子作为教材，能吸引更多的孩子参与课堂互动。

在这里，我把孩子们提到的讨厌的虫子统计了一下，大致可以分为以下三种类型：

1. 可能对自己造成伤害的（蜂、毛毛虫、蚊子等）
2. 让人感觉不快的害虫（蟑螂、蛞蝓等）
3. 因某种特殊的理由而讨厌（多种多样）

我一共收集了 25 个班级关于最讨厌虫子的数据，位列第一的想都不用想，就是蟑螂，25 个班级中每一个班级都提到了它的名字。之后，再按照百分比排序，学生讨厌的动物分别是蜈蚣（72%）、毛毛虫（68%）、蜘蛛（60%）、蜂（48%）、蛾子（32%）、螬（32%）、壁虎（28%），另外还有苍蝇、蚊子、蚯蚓、蝗虫和螳螂，等等。

小的时候，我也曾经痴迷于采集昆虫。和其他小朋友一样，最喜欢独角仙和锹甲。不过，我当时采集昆虫主要是为了制作标本，所以特别痴迷于采集天牛。因为天牛不仅种类丰富，而且在我们经常见到的种类中，就有很多外形炫酷体色靓丽的。不过，记忆中我并没有采集蟑螂做标本。但是，无论是不喜欢虫子的高中生或大学生，还是喜欢虫子的小学生，提到蟑螂总是喋喋不休。话说当时在自由之森学园工作时，我还挑战过饲养日本大蠊。不过，我觉得还是有必要先多了解一些关于蟑螂的知识。

一天能找到多少种

于是我开始查阅蟑螂的历史。蟑螂是一类古老的昆虫，在3亿多年前的石炭纪就出现在地球上了，当然，那个时候的蟑螂是原始的种类，与现生的蟑螂多少存在些差异。到了中生代，原始的蟑螂向着两个分支发展，一个就是现在的蟑螂，另一支是螳螂，所以说螳螂和蟑螂还有"血缘关系"呢。在这之后，蟑螂大家族又分出一支，就是现在专门以木头为生的白蚁。几乎可以说，白蚁就是蟑螂中的一个分支，它们的亲缘关系相当近。

原始的蟑螂生活在高温高湿的石炭纪森林中，现生的蟑螂也继承了它们祖先的生活方式，多数种类都分布在气候温暖的热带地区。在学生眼里，对蟑螂最大的印象就是"害虫"，却未曾想过，其实蟑螂也分很多种。但正是因为学生对事物存在刻板印象，把这种刻板印象打破后，新的视角或兴趣才能借机产生，在这一点上蟑螂恰巧能够满足教材的需要。换言之，应该用什么样的表现手法，把"蟑螂的种类很多，并非只有家中出现的那几种"这样一种思维传达给学生，是教材化过程中的必经之路。

　　前面提到过，日本的蟑螂有记录的一共有 52 种，但是不同区域的蟑螂种类分布是有差异的。比如北海道的野外原本没有蟑螂的自然分布，而在靠南的冲绳野外，蟑螂种类就很多了。冲绳县内现在一共记录到 42 种蟑螂。但是，我以这样的形式在课上给学生讲述蟑螂的特性时想道：能不能换一种信息的传达方式呢？于是我突发奇想，想要试试在冲绳本岛一天之内能见到几种蟑螂。

　　我叫上一个冲绳本地熟悉昆虫的朋友，两个人一起在本岛找了一天蟑螂。从那霸的家中开车出来，先到南边村庄的旱田边寻找。熊本玛蠊和维利巴蠊等喜欢在这种乡村环境中的杂草中隐居。接着，我们又开了 2 小时车到了本岛北部。冲绳本岛北部的森林地区在当地被称为"山原"[1]，在这里可以找到一些生活在森林中的蟑螂。我们找到了潜藏在土中、体长只有 5 毫米的上野蠜蠊，还有躲在落叶下的萨摩玛蠊，劈开朽木又捉到了琉球木蠊。到了晚上，像西瓜虫一样可以将身体蜷成球的矮龟蠊从朽木的窟窿中爬了出来。最后，我们回到那霸市，又抓到了在酒吧街上跑来跑去的美洲大蠊。这一天下来，我们一共采集到了 18 种蟑螂，这一结果让我自己都很惊讶。具体种类如下：

　　　　美 洲 大 蠊 *Periplaneta americana*

　　　　澳 洲 大 蠊 *Periplaneta australasiae*

　　　　日 本 大 蠊 *Periplaneta japonica*

---

1. 山原：指冲绳本岛北部多山、多森林等自然景观的地域。有时又单指冲绳岛名护市以北的地域。"山原"这一地域并无明确的区分。

淡色扁蠊 *Megamareta pallidiola pallidiola*

维利巴蠊 *Balta vilis*

背侧扁蠊 *Onychostyus notulatus*

熊本玛蠊 *Margattea kumamotonis shirakii*

萨摩玛蠊 *Margattea satsumana*

双斑红蠊 *Lobopterella dimidiatipes*

巽它拟歪尾蠊 *Episymploce sundaica*

拟德姬蠊 *Blattella lituricollis*

亚洲姬蠊 *Blattella asahinai*

蔗蠊 *Pycnoscelus surinamensis*

东方水蠊 *Opisthoplatia orientalis*

斑大光蠊 *Rhabdoblatta guttigera*

矮龟蠊 *Trichoblatta pygmaea*

琉球木蠊 *Salganea taiwanensis ryukyuanus*

上野蟸蠊 *Nocticola uenoi uenoi*

　　正是因为我发现蟑螂作为教材非常有用，所以才积极主动地去寻找蟑螂，也在寻找蟑螂的过程中，发现蟑螂身上也潜藏着各种各样有意思的东西。当你对某些事物（自然）产生兴趣，并想向别人传达的时候，有时也会让自己的视角发生反转。拿我来说，蟑螂就成了我最感兴趣的虫子。

　　把寻找蟑螂这件事放到更大的层面，其实就是将令人厌恶的东西搬上台面。在此，我想再多聊一聊把被人厌恶的事搬上台面这件事。

虽然讨厌但也很有趣

随着我移居冲绳，我心里代表"学校"的那个环境已经发生了改变：一是变成了小学，二则关于自由学校。

当时决定从自由之森学园辞职来冲绳的其中一个原因，是当时的同事星野人史先生，他想在冲绳建一所学校，我想来一起帮忙。当然其中也包含着我自己的兴趣，就是想试试能否凭借一己之力建成一所学校。

一年后，星野先生的学校正式成立，名为珊瑚舍学校[1]。给学校起这个名字源于他自己的想法：回归"体验学习"去思考。

自由之森学园的教育理念概括起来就是"讲课即所有"，而珊瑚舍学校的教育理念则是"创造学校"，意为"学校应该是一个老师、学生以及其他与之相关的人员持续建设的地方"。

珊瑚舍学校虽然有点小，但"五脏俱全"，有初中部、高中部、专科部及夜间中学部。其中初中部的多数学生是不登校[2]而难以在一般的中小学上学的学生。又因为学校属于NPO立学校，高中部也不像公立学校只要有学籍就可以取得高中毕业证书，而是必须参加高中毕业考试才能得到高中毕业证。但即使是这样，学校也不会只为了让学生通过考试而单纯地"填鸭式教学"，而是会制订一些学校独有的教学计划。专科部针对高中毕业生，并且没有年龄限制，授课内容以关于亚洲或冲绳的课

1. 珊瑚舍学校：珊瑚舍スコーレ。スコーレ源于希腊语scholē，是英语单词school（学校）的词源，包含了学习、游戏和休闲三层含义。
2. 不登校：因各种原因不去学校上学。

程为主。我主要在初中部、高中部和专科部教授名为"自然讲座"的课程，课程内容完全由我自己决定。在自由之森学园时，制订教学计划已经让我很是苦恼，而在珊瑚舍学校的课程设计更是让我煞费苦心。不过好在学校里的学生不多，每次讲课的内容基本是 4 月开学看到学生后再决定的。

在珊瑚舍学校讲课的过程中，我也从学生那里学到了很多东西，这里介绍其中一个令我印象很深的小花絮。有一年，自然讲座的主题是大海。那天讲课的内容跟鱼类有关，什么生活史、产卵量还有死亡率之类的。讲课时，我把一张鱼的资料图片给学生们看，一位名叫绫的同学赶紧把脸扭了过去。我打听了原因，得知她非常害怕鱼的眼睛。当时给学生们看的只是一条小鱼，而且只是线稿，那会儿我才第一次知道，居然还有如此严重的"鱼目恐惧症"。

之后我还尝试早上带学生到渔市参观学习。绫也参加了这个活动，但进入市场前，我还是叮嘱她"尽量不要说'好恶心'之类的话，那样对店家有些失礼"。

然而，面对市场地面上一排排放着的各种各样的鱼，绫居然津津有味地看着。特别是看到月鱼的时候，她和其他学生一样都表现得特别开心。月鱼在分类上属于月鱼目。一听到月鱼目，大多数人都不知道，但说到月鱼科里非常有名的皇带鱼时，或许很多人就会说"啊，这样啊"，一下子就明白了。月鱼并不像皇带鱼那样拥有很细长的身体，它身形扁平，小小的尾鳍就像刻意添上去的，长得非常幽默。红色的身体上散布着水珠一样的斑点，用学生的话来说："就像一条巨大的金鱼。"月鱼平时生活在水深超过 200 米的中层水域，所以在一般的沿岸地区是见不到的。但是，一面与外洋相连的冲绳，水深会突然变得很深，所以在这里很容易捕到月鱼。（在冲绳，月鱼常常被标成翻车鲀的名字来卖。但真正的翻车鲀的肉是白色的，与红肉的月鱼完全不是一个味道）

绫原本讨厌鱼，但月鱼让她超越了"恶心"和"讨厌"，甚至感受到了乐趣。

我发现，原来"有趣"与"讨厌"是可以共存的。

其实，我们在很多地方都陷入了这种二元论。美国是我们（日本）的敌人还是朋友、经济是否还在发展，等等。思考这些问题的时候，我们可能需要用"复眼"来看待不同的立场。

回到月鱼上，更有趣的是绫一边津津有味地盯着月鱼观察，一边用手机拍下来打算发送给朋友。她看到手机屏幕上的照片时，着实被吓得向后仰了一下。

绫的这种行为，或许可以理解为，实物战胜了她心中对鱼的那种固有印象（恶心、讨厌），但照片还是在这次"决斗"中输给了固有印象。

喜欢蛞蝓

与绫发生了那次小花絮的数年之后，我自己也亲身体会到了何谓"虽然讨厌但也很有趣"。

从自由之森学园毕业后，入学珊瑚舍学校专科部的梓曾在高三的时候来珊瑚舍学校参观，那时和她有过简单的交谈，她想来这里学习的理由特别奇怪：因为冲绳有很多种蛞蝓。

梓是重度蛞蝓爱好者，高中时每天都把蛞蝓装在饲养盒里带去一起上学。但其实像我这样喜欢骨头、贝壳或甲虫等坚硬生物的人，最怕的就是蛞蝓、蚯蚓或蛆这类软乎乎的东西。认识梓之前，我对蛞蝓没有任何兴趣，不想去触摸，更没想过自己去寻找。

珊瑚舍学校是一所很小的学校。学生多的时候，初中部和高中部加在一起才十几名学生，而专科部最多只有几名学生在读。曾经在那所没有校规，也不单纯把学习能力作为入学条件的自由之森学园工作过的我，时常能够感觉到，学生其实也是多种多样的，就比如专门到德国学习骨骼标本制作的稔。但在珊瑚舍学校这所规模更小的学校里，我的这种感觉变得更加强烈。这或许是地方太小，必须和每一个学生产生交流所致。

就比如，学校来了这么一位重度蛞蝓爱好者，让我没办法再说自己讨厌蛞蝓。

我这个对蛞蝓没有任何兴趣的人，从梓口中第一次听说了还有暗角疣蛞蝓（*Granulilimax fuscicornis*）这类吃肉的蛞蝓。

我每天都在持续思考一个问题："到底该如何以学生的常识为基础来讲课呢？"思考过程中，我在对自然的兴趣和自身的"常识"两者之间摇摆不定的刹那，也点燃了自己的兴趣。这里所讲的刹那，就是意识到自己似懂非懂的那一瞬间。比如蛞蝓，表面上看我知道它是什么，但在和梓的交谈中，我才意识到自己并不了解它。

虽然到现在都没有见到过暗角疣蛞蝓，但据说在冲绳本岛有分布。查阅资料可知，暗角疣蛞蝓于 1981 年第一次在德岛县被作为嗜粘液蛞蝓科的新属新种发表（如后所述，现在已经被划分到拉索蛞蝓科）。当时的论文记载，除最初的发现地德岛之外，这种蛞蝓在香川、和歌山、静冈到山梨县等地也陆续被发现。但无论在哪个地区，它们的数量都很稀少，很难找到多个个体。在一般人的印象中，蛞蝓是那种就算不想见也经常会撞见的东西。但这篇论文颠覆了我的印象，原来暗角疣蛞蝓是一种很难找到的种类。

对暗角疣蛞蝓产生兴趣后，我也开始对"蛞蝓到底是什么"这种追根溯源的问题产生了兴趣。不过，我这里所指的"蛞蝓到底是什么"，一是指在生物学上蛞蝓具体是哪一类生物，另外还包括"学生们把蛞蝓作为怎样一种生物认知"，一共有两层疑问。

对于第二个层面的问题，很久之前我就意识到，学生认为蛞蝓就是把壳脱掉了的蜗牛（这样的思考方式，我称之为"蛞蝓 = 寄居蟹假说"）。如果按照这种方式思考，那么死掉的蜗牛空壳，岂不就会有蛞蝓钻进去变成新的蜗牛？第一次听到这样奇怪的回答，我着实被惊掉了下巴。不过，这肯定不是少数学生的奇怪想法，而是有相当比例的学生是这样认为的。

当然，"蛞蝓 = 寄居蟹假说"毕竟还是少数派。在学生中调查时发现，貌似大多数学生听到蛞蝓这个名字后，最先想到的就是撒盐，因为他们印象最深的就是蛞蝓遇到盐会溶解，其他的则一概不清。学生们问得最多的问题包括"蛞蝓是怎么繁殖的"和"蛞蝓吃什么"，由此可以看出，无论是否信奉"蛞蝓 =

寄居蟹假说"，学生对蛞蝓这种生物实际就是似懂非懂。

当然，对于这些问题，不止学生们会抱有疑问。就像前面讲过的，学生们提出的这些关于蛞蝓的问题，既有我能够立即回答的，也有连我自己也不太清楚的。

蜗牛是什么

思考什么是蛞蝓的同时，必须思考另一个问题：蜗牛是什么？

有一本专门的蜗牛图鉴，书名叫《原色日本陆生贝类图鉴》。值得注意的是，书名里并没有写蜗牛，而是写的陆生贝类。专业学者经常把陆生贝类简称为陆贝，那么为什么不叫蜗牛而叫陆贝呢？如果追溯到生物的诞生地，那么现今所有生物的祖先都来自大海。原本生活在大海中的贝类，慢慢地演化出了可以生活在陆地或淡水中的种类。昆虫也一样，原本生活在大海里的节肢动物，它们中的一部分在演化过程中登上陆地，并从唯一的一个祖先那里慢慢演化出现在这么多分支，可以说，不管是蝴蝶、蟑螂还是独角仙，它们都是在那个最先登上陆地的祖先之后，才慢慢分化出来的。不过，生活在水中的贝类分为很多不同的类群，它们各自单独演化出适应陆地生活的种类，这一点就与昆虫完全不一样。所以很难用一个词来统称所有生活在陆地上的贝类，因此才有陆贝这样的词，毕竟这些种类经历了数个不同的演化历史。

冲绳本岛的中南部有很广阔的石灰岩地貌，这里含有贝类形成贝壳所必需的物质——钙，因此成了屈指可数的陆贝产地。在那霸的街心公园或树林中行走，你会注意到很多掉落在地上的贝壳，石头下面还隐藏着很多活着的陆贝。珊瑚舍学校的有些课程会让学生们到那霸的公园中调查生活在那里的陆贝的种类。学生根据在大约1平方米的区域内捡到的贝壳（既有死的也有活的），统计出以下种类：

膨胀大山蜗牛 *Cyclophorus turgidus turgidus*（244个）

冲绳蔑视尖巴蜗牛 *Acusta despecta sieboldtiana*（4个）

分节萨摩蜗牛 *Satsuma mercatoria mercatoria*（4个）

圆形巴蜗牛 *Bradybaena circulus*（4个）

褐云玛瑙螺 *Achatina fulica*（2个）

通过这个结果应该就能明白，为什么冲绳南部的陆贝数量很多。

在上面这些种类中，有的壳口有口盖（厣），有的没有。一首日本童谣里有一句"快出来呀，小蜗牛"，我把这里的蜗牛称为"原始的蜗牛"。这些蜗牛的壳口没有口盖（除了上面的膨胀大山蜗牛），壳口有口盖的山蜗牛则和那些"原始蜗牛"不同，它们由原本生活在淡水里的田螺慢慢向着适应陆地生活演化而来。

分类学上，陆贝包括下面几个主要类群：

真腹足亚纲 Eogastropoda

蜑形类 Neritimorpha

树螺总科 Helicinoidea　树螺科 Helicinidae

近水螺总科 近水螺科 Hydrocenidae

新进腹足类 Caenogastropoda

主扭舌目 Architaenioglossa

环口螺科总科 Cyclophoroidea

环口螺科 Cyclophoridae　倍口螺科 Diplommatinidae

玉黍螺目 Littorinimorpha

麂眼螺总科 Rissooidea　拟沼螺科 Assimineidae

断头螺科 Truncatellidae

肺螺类 Pulmonata

收眼目 Systellommatophora

皱足蛞蝓总科 Veronicelloidea

皱足蛞蝓科 Veronicellidae　拉索蛞蝓科 Rathouisiidae

柄眼目 Stylommatophora　这个目中包括了多种"原始蜗牛",如嗜粘液蛞蝓科 Philomycidae 就归到了本目。

（还有一些在日本没有分布的陆贝,它们属于别的类群,没有在这里列举出来）

由此可见,陆贝来自多个演化分支。

有时候,我们也会把这些生活在陆地上有壳的贝类统称为蜗牛。虽说陆生贝类包含了如此多不同的演化历史，但我觉得把它们都称为蜗牛也没什么问题。根据这个定义，我们还可以把那些生活在陆地上但没有壳的称为蛞蝓。

不过需要说明的是，这样统称为蜗牛并不能直接反映出它们各自的演化历史，这只是对生活在陆地上的贝类的一个统称，那些壳退化掉的则被统称为蛞蝓。

那么，为什么蜗牛要变成蛞蝓呢？

蜗牛的壳在生长过程中，需要能制作出壳的原材料——钙质，还要耗费自己的能量。没有壳的话，就能把这部分能量节约出来，加快自己的生长速度。而且如果没有壳，它们还能加快爬行速度，钻到一些缝隙狭小的地方也不再受限制。不过，除了以上优点也有缺点，比如遇到敌人的时候就不能保护自己了，还有和蜗牛相比，蛞蝓更不能忍受干燥的环境。

虽说壳的存在与否各有利弊，但实际上蛞蝓也是从多个原始的蜗牛祖先那里独自演化出来的。比如，除了嗜粘液蛞蝓科外，在鳖甲蜗牛科（Helicarionidae）中也有马氏鳖甲蜗牛（*Parmarion martensi*）这样壳退化的种类。所以说，我们既能从蛞蝓身上看到它由蜗牛演化而来的痕迹，还能推测出它们的生活方式。

抱着这些兴趣去尝试调查的时候，我才意识到还有如此多我不知道的事情，比如蛞蝓比我想象中的种类丰富得多。梓告诉我的那个吃肉的暗角疣蛞蝓就属于拉索蛞蝓科，也就是说它并非从肺螺类中那些原始的柄眼目演化而来，而是和海边退潮时见到的那些没有壳的石磺是亲戚，是有别于柄眼目的、独自演化到陆地上生存的种类。

　　暗角疣蛞蝓平时躲藏在森林的石头缝中，因此直到我开始对它们产生兴趣并着手寻找之前，我在日常生活中都很难注意到它们。而且，在琉球群岛不同的岛上还生活着它们的多种近亲，所以单是通过暗角疣蛞蝓就能窥探出生物世界的多样性。

　　如果你现在问我喜不喜欢蛞蝓，说实话我可能还是不太想去触摸它们，但确实发现蛞蝓真的很有趣。反省一下，虽说让我"必须去喜欢"确实很为难，但如果换个思维，"虽然不喜欢，但还是很有趣"，能够这样想的话，就算和那些不喜欢的事物打交道，也会放平心态吧。

　　无论是蟑螂还是蛞蝓，都是让我嫌弃的家伙，而在和学生的互动过程中，我又不得不把它们搬上台面。当我持续以它们为关注焦点时，便能发现就算是这些让人讨厌的家伙，也有它们各自蕴含的趣味。

　　学校里有各种各样的人。正因如此，我们才有机会，与那些平时仅凭自己而难以察觉到的自然相识。

追逐城市中的虫子

　　移居冲绳后的第 8 年，我遇到的另一个新环境是大学。冲绳大学是一所私立学校，学校里新设置了旨在培养小学教师的专业，我在这个项目里负责理科教育。就像我最开始在小学里工作一样，刚刚成为一名大学老师时，我也很焦虑。

刚开始的那段时间，我常常这样想。"不仅对理科没有特别大的兴趣，还特别讨厌虫子……"简单来说，这就是专业课上那些学生所反映出的其中一面。我开始思考，如何才能让这些学生改变想法，让他们认为"理科很有用"，还有"虫子虽然讨厌，但也很有趣"。

于是我在大学中开设了以昆虫观察和采集为主题的选修课。如我所愿，许多讨厌虫子的学生也参加了这些选修课，真是让我很高兴。我甚至好奇，为什么历届学生中最讨厌虫子的女生们也选修了这个课程？

和学生们交流时，相比于那些不怎么讨厌虫子的学生，我和这些特别讨厌虫子的女生也不缺话题，因为她们常说一些虫子的坏话，而恰巧我很喜欢虫子，她们就总是和我抱怨，慢慢地我们聊得很投机。

把那些学生对虫子的不满总结出来，无非是螳螂的眼睛是凸出来的、所有的毛毛虫都会蜇人等，基本都是对虫子过度的负面印象。就算以很多人喜欢的萤火虫举例，她们一样会面无表情地说："从背面看就像一只蟑螂……"所以，虽然蟑螂是绝大多数人很讨厌的生物，但这些学生会武断地把身边的许多虫子比喻成像蟑螂一样令人讨厌的生物。

除了不断地抱怨，有一次她们突然说："瓢虫好可爱呀。"这些对虫子抱有过度负面评价的学生，居然对瓢虫印象很好。于是我开始利用这个契机，探索学生心中瓢虫的形象。我的探究结果，正如不少学生对蟑螂持有相当负面的印象，这些女生对瓢虫则抱有过度的正面印象。无论是正面还是负面，"过度"

恰恰是似懂非懂的外在表现。当然，我也是托这些讨厌虫子的学生的福，在和他们交流的过程中，我开始研究另一个新主题：探索瓢虫在人们印象中和现实中的差距。

在探索瓢虫的过程中，我还发现相比于探索其他昆虫，探索瓢虫有很多优点，比如在市区很容易找到瓢虫。我所任职的大学位于那霸市区，这里周围本身没什么绿地，而且校区面积狭小，校园里更是基本上没有绿地。就这样我还能找到六斑月瓢虫（*Menochilus sexmaculata*）、柯氏素菌瓢虫（*Illeis koebelei*）、龟纹瓢虫（*Propylaea japonica*）等多个种类。在那霸市唯一一个绿地比较集中的公园里，还能发现隐斑瓢虫（*Harmonia yedoensis*）、楔斑溜瓢虫（*Olla v-nigrum*）、小红瓢虫（*Rodolia pumila*）、变斑盘瓢虫（*Coelophora inaequalis*）和奄美唇瓢虫（*Chilocorus amamensis*）等种类。此外还有中条唇瓢虫（*Chilocorus chujoi*），我至今只在大学附近的 Y 公园见过。作为大学的专职教员，我的时间并不太自由，因此每天上下班路上或是在校园内就能接触到的自然，对我来说就非常珍贵。

以城市化中的这些自然为兴趣点，除了瓢虫之外我还对蛾子或蝴蝶的幼虫，也就是毛毛虫产生了兴趣。

虽然我很喜欢虫子，可是我还是很怕毛毛虫，我之前讲过，我害怕蛞蝓那样软软的东西，毛毛虫也一样。但在一个契机之下，我还是对它们产生了兴趣，特别是天蛾的幼虫。

在那霸市区可以见到甘薯天蛾（*Agrius convolvuli*）、粉绿白腰天蛾（*Daphnis nerii*）、鬼脸天蛾（*Acherontia lachesis*）、青背斜纹天蛾（*Theretra nessus*）、芋双线天蛾（*Theretra oldenlandiae*）、银条

斜线天蛾（*Hippotion celerio*）、丁香天蛾（*Psilogramma increta*）、斑腹斜线天蛾（*Hippotion boerhaviae*）（也可能是茜草后红斜线天蛾［*Hippotion rosetta*］）、咖啡透翅天蛾（*Cephonodes hylus*）、黑长喙天蛾（*Macroglossum pyrrhosticta*）、长喙天蛾（*Macroglossum corythus corythus*）、九节木长喙天蛾中南亚种（*Macroglossum divergens heliophila*）等种类的天蛾。

　　天蛾是蛾类家族中比较大型的种类。它们身体很肥，飞翔能力也很强，有些种类还能扩散到较为遥远的地方。另外，它们的老熟幼虫像人的手指一样短粗，最大的特点就是屁股上有一个角状突起。

　　我居住的那霸市区，虽然没什么称得上绿地的地方，但如果多注意一下道路两边的杂草或灌木，不知不觉就会发现好多毛毛虫。比如说，在冲绳道路两旁已经肆意生长为杂草的、原产于非洲马达加斯加夹竹桃科的长春花花丛中，就会看到好多毛毛虫趴在上面。这些全部是粉绿白腰天蛾的幼虫。

　　粉绿白腰天蛾的成虫非常漂亮，体色以绿色为主，上面有迷彩斑纹。幼虫则是黄绿色的，胸部两侧各有一个像眼睛一样的蓝色斑纹，喜欢的人看了会说漂亮，讨厌的人则无法忍受，总之特别有存在感。虽然粉绿白腰天蛾生活在长春花上，但它们小的时候和叶子长得特别像，难以分辨。只有到了末龄幼虫时，长春花的叶子都被吃得光秃秃的，下面散落着好多毛毛虫粪便的时候，人们才会发现这里长了好多毛毛虫。

　　如果将上班路上见到的粉绿白腰天蛾幼虫的发生时间记录下来，就会发现从新年一直到初夏这段时间，是见不到粉绿白腰天蛾的。但把粉绿白腰天蛾从幼虫饲养到化蛹之后，我发现即使到了冬天，蛹也不休眠，一段时间后就会羽化为成虫。这样看来，冲绳地区的粉绿白腰天蛾应该不是原本就生活在本地的，它们应该是每年从其他地方飞过来，短暂地在冲绳繁殖，然后新羽化的成虫可能又飞到别的地方去了。

在有着博物学传统的英国，原本没有粉绿白腰天蛾在那里生活，但人们还是详细地记录了扩散而来的天蛾记录。数据有点老了，一直到 1955 年共 75 年间，飞到英国（全境）的粉绿白腰天蛾共有 100 例记录。最高纪录是在 1953 年，共有 13 例。不过这 75 年间，有近一半的年份没有记录。

我们总认为城市中没有自然，必须到山里才能找到自然，这也算是一种二元论吧。但观察毛毛虫的时候，就会让人觉得自然在不断地变化。即使在城市中，只要持续地进行定点观察，也会发现居然还会有虫子定期往返于此。在观察毛毛虫的过程中，我们应该重新思考一个问题：自然到底在哪里？

这些令我们讨厌的生物，能让我们收获良多。

第4章

探索身边的自然

辣椒（冲绳栽培的冲绳辣椒）

有毒的蔬菜

为了探究学生所理解的常识到底是什么，我把"探索身边的自然"作为永恒的研究主题。

正因为就在身边，所以不太去关注。正是得益于那些与自己拥有不同感性的人，或者通俗一点讲，就是因为存在喜好不同的人，我们才能带着完全不同的视点去关注身边的自然。在学校这样的环境中，能够给予我这样一个全新观点的基本是学生，当然也不仅限于此。

这里要介绍一位给予我这样全新观点的朋友。在生物里面，他最感兴趣的是蛇，是个不折不扣蛇迷。他不仅喜欢蛇，对毒蛇更有着浓厚的兴趣。他最喜欢毒蛇中那些难以对付、毒性很强的种类。而这位朋友最讨厌的居然是蔬菜。我特别爱吃蔬菜，一开始，我难以理解讨厌蔬菜是一种什么样的感觉。

但是打听后才知道，他这种讨厌蔬菜的感觉非同寻常，关于蔬菜他总有说不尽的坏话，比如说黄瓜是危险的、卷心菜有一股塑料味、番茄是人类失败的作品……大致就是这样的情形。

正是因为与我有着如此天差地别的认识，我觉得他说的也并非毫无道理。仔细分析他的这些不满就会发觉，蔬菜毕竟是植物，而植物不会移动，所以植物必须用一些方法防止自己被动物吃掉，而避免被吃的方法通常是两大类：物理防御和化学防御。物理防御通常是让自己的身体变得更坚硬、更难以被啃食。环顾身边，看到那些绿意盎然的树木了吧，不管是树干还是叶子，正是被这种物理防御包裹了起来，所以才能保持现在的姿态。但像草那样寿命短的植物，选择物理防御不太明智，因此它们大多数选择化学防御——毒。如果两种方法都用上，看起来更完美，但耗费的能量成本更高。因此大多数植物只采用其中一种防御方式。我们平时吃的蔬菜都很柔软，因此它们的防御方式就是含有有毒成分。

所以我在想，那些讨厌蔬菜的人，他们讨厌蔬菜的理由，是不是对蔬菜的有毒成分比较敏感？

那为什么包括我在内的一般人都可以吃蔬菜呢？

植物的毒素并不是万能的，有的毒只对虫子有效但对人无效，比如橘子那种特殊的气味源于柠檬醛成分，大多数虫子都对这种气味避而远之，但也有的虫子能够克服这种气味，比如柑橘凤蝶（*Papilio machaon*）。同样，卷心菜里面含有一种叫芥子油甘的有毒成分，但菜粉蝶（*Pieris rapae*）不怕，它们的幼虫可以安心地享用卷心菜，但对其他虫子来说，这是无论如何都不行的。当然，这些毒素对人类都无效。

另外，由于人类属于体形较大的动物，少量毒素不会在人的身上产生效果。再加上人类对蔬菜品种的改良以及烹饪处理，弱化了它们的毒素成分，因此可以正常食用。

总之，这位讨厌蔬菜的朋友，让我站在"蔬菜也是植物"的角度重新审视了蔬菜。在这样的角度下，我开始想要去了解餐桌上的这些蔬菜，在野外原本生长在什么样的地方。

前面我曾介绍过，生活在那霸市区的中学生身边常见的生物有狗、猫、鸽子、蟑螂和杂草。经过和朋友的这番交流，我开始考虑把目光投向身边的植物，看看这里面有没有能够作为教材的。在这个即使不关注自然也能生存下去的现代社会中，离我们最近的植物，不就是餐桌上的蔬菜吗？

夜间中学的授课

把蔬菜作为教材的意义何在？为了思考这个问题，我想介绍一下我在夜间中学讲课时，印象比较深的一次交流。

珊瑚舍学校设置了夜间中学部。冲绳本岛历史上曾经发生过激烈的地面战，在战中和战后的混乱时期，很多人没能接受义务教育。在夜间中学部上课的学生平均年龄超过了 70 岁。学校事务局听取了来夜间中学上课的学生的经历，在此引用我当时的记录："别说读小学了，我连校门都没进过""虽说我父亲是因病去世的，但他在战争中被冲击波冲飞，一个星期都处于意识不清的状态。后来虽然恢复了意识，但战后没多久就离开了。那个时候我才 7 岁……"他们的心中充满了类似这样的痛苦的历史记忆。我在夜间中学部担任了几年理科老师，这些学生虽然曾经遭受过那样的苦痛，但在课上都表现得非常活跃开朗。

夜间中学不仅有生物课，也教化学。但这些学生中混杂着一些连小学一年级都没读过的人。对这些学生来说，直接跟他们讲原子、分子什么的根本无法理解，必须转换成一种依据具体实物，能跟他们丰富的生活阅历相关联的教学方式。

有一天，我讲到了金属的三大特性：具光泽、延展性和可导电。我给每位学生发了一枚10日元硬币，用磨光粉去打磨。通过这个简单的操作，便可以让学生理解金属被抛光后具有光泽。接着再分别用1日元、5日元、10日元、100日元和500日元的硬币进行通电实验，让他们判断哪个会导电。实验后，确定每一枚硬币都可以导电。最后，我用锤子敲打铁砧上的金属片，来演示金属的延展性。

"啊，原来如此。"

一个学生这样感叹道，接着开始讲述自己的经历。

这是一个关于他在俘虏收容所的故事。"小时候，收容俘虏的收容所里发生了疟疾。人感染疟疾后的症状就是高烧，身体因为冷而不受控制地颤抖。这时候很需要被子，但那里又没有被子，就算想缝被子也没有针。然后就想到，美军发给我们用来打开牛肉罐头的小工具里有螺丝刀，于是我们把它拍平拉直，磨成针，把用来密封水泥袋的绳子当线，把小麦粉装到水泥袋中，缝好当被子用。"

类似这样的交流在其他课上也层出不穷。在夜间中学上课的学生缺少在学校学习的经历，但他们在社会中积累了丰富的生活阅历。所以他们上理科课时，才会感叹："啊，原来那时候的经历，背后有着这样的科学道理。"和在夜间中学部上课的学生们交流后，我开始意识到："理科教学不是本该如此吗？"当讲课的内容与学生生活中的实际体验联系在一起时，学生们就会发出"啊！"的感叹，而超过他们的经验时，则会发出"诶？"的回应。回想当时，在我的课上学生说出"诶？"的次数还挺多的，当然还有很多时候连"诶？"都懒得说，直接被睡魔缠身。和夜间中学那些上了岁数的学生相比，现在的学生缺少生活和自然的体验，所以在课上很难有回应出"啊！"的时候。当然，这并不是学生的问题，而是社会夺走了他们的这些经历所导致的结果。

虽然学生缺少生活或自然方面的体验，但并非一点儿也没有。讲课中必须结合他们仅有的经验，再拓展开来。当带着这样的思路去考虑时，就会发觉对现代的这些孩子而言，蔬菜不就是最简单的、能让他们在课堂上发出"啊！"的感叹的教材吗？

所以，我尝试把蔬菜作为教材，给拥有丰富生活阅历的夜间中学学生讲课时，这个教材也受到了好评。

蔬菜课

在夜间中学上课时，我首先提问："以前见不到的蔬菜有哪些？"

"长蒴黄麻、西兰花、秋葵、生菜……"学生们回答出了这些蔬菜的名字。

"也没有青椒哟，虽然看起来就像是变大了的辣椒。"

也有学生提出这样的见解，我马上解释："青椒和辣椒实际上就是同种植物。"他们很惊讶。果然，学生们对蔬菜一样存在许多似懂非懂的问题。

让我们来追根溯源，看看这些蔬菜曾经是哪些野生植物吧。辣椒是源于美洲大陆的栽培植物，和四季豆一样，在美洲大陆，它们很早就开始被人类栽培利用。通过调查遗迹，人类对辣椒的利用历史可以追溯到公元前 8000 至公元前 7500 年前。根据推断，现在日本常见的"鹰爪椒"等辣椒的祖先原产于墨西哥到中美一带，拉丁名是 *Capsicum annuum*。另外，还有一种拉丁名为 *Capsicum frutescens* 的植物原产于哥伦比亚到安第斯山脉，通过这种野生植物培育出来的辣椒，现在常被用来制作塔巴斯科辣椒酱（Tabasco sauce），在冲绳被用来制作岛唐辛子[1]。

哥伦布到达新大陆后，辣椒被带到了欧洲。据说辣椒是在 16 世纪左右传入日本的。辣椒在日语中的名字是"唐辛子"，这也反映了辣椒本身作为一种舶来品的历史。同样，冲绳的"岛唐辛子"在冲绳方言中被称为 Koregusu，这个单词原本是"高丽（朝鲜）胡椒"的意思。其实这也证明了辣椒在日本属于舶来品。说到青椒，日语中青椒的名字源于法语 *piment*，本身就是辣椒的意思。不过，经过人工选育后，青椒不再含有辛辣成分，所以味道并不辣。这种蔬菜是在美国被选育出来，大约在明治维新以后传入日本的。

---

1. 岛唐辛子：用泡盛（一种特产于琉球群岛的蒸馏酒）腌渍辣椒制作的一种调味料。

"那么，除了这些外来蔬菜，冲绳或日本本土原产的蔬菜又有哪些呢？"那之后，我又让学生们思考了这个问题。

像"苦瓜、空心菜、牛蒡、丝瓜"这些蔬菜，统统都是外来的。夜间中学的学生们听到"丝瓜原产于非洲"后，马上做出了一种"哈？"的惊讶表情。牛蒡也原产于中国，但有趣的是，反而是朝鲜半岛和日本更喜欢将其作为蔬菜食用。学生们再次发出了惊讶的声音，原来身边这些常见的蔬菜都是舶来品。

接着又有学生提问："以前过节的时候，人们会特意准备玉菜，那么玉菜又是从哪里来的呢？"

玉菜就是卷心菜，但在日本本岛已经完全不再使用这个名字，现在只有冲绳地区的人会把卷心菜叫成玉菜。卷心菜的祖先是一种生长在海岸边的植物，主要生活在地中海沿岸。

那么，为什么原产于日本的蔬菜这么少呢？如果要回答这个问题，首先要弄清楚：什么是蔬菜？蔬菜就是一类被用作食物而栽培出来的草本植物。由此可以引申到很多问题：草本植物和木本植物有什么不同？为什么在自然状态下草不能变成森林？草生长在什么样的环境中？等等。我在课上不断地展开这些问题，最终联系到"很久很久以前，日本列岛曾被茂密的森林覆盖，这里并没有大面积适合草本植物生长的地方，也就没什么可以被人类培育利用的本土蔬菜品种"。把蔬菜作为教材引入课堂后，学生们的交流多了起来。不管是夜间中学，还是一般的初高中生，只要能够把与他们丰富的生活经历相结合的内容作为教材，便能调动课堂上的气氛。

随着蔬菜在教学内容中越来越受到学生欢迎，我又对水果产生了兴趣，这也是和那个讨厌蔬菜的朋友交谈后所获得的启发。我问他，你讨厌蔬菜，那水果呢？他的回答是"水果在我眼中，仿佛随时都在对我说：'请把我吃掉吧！'"。原来，他特别爱吃水果。

其实仔细想一想，确实如此。植物们为了散播自己的种子，就必须用好吃的果子来吸引传播者。这些植物家庭中的另类群体更希望别人把自己的果子吃掉。同样，我也开始关注现在吃的这些水果，在野生状态下是什么样子，换句话说，我想知道这些植物在野外都有哪些动物来吃。比如说牛油果，成熟的牛油果果实个头大，外表也不那么有诱惑力，果子长成这样到底为了吸引谁？

牛油果原产于中美洲。冰河时期，蒙古人种到达北美大陆以前，南美和北美大陆上生活着包括猛犸象和地懒等巨型动物群（Megafauna），当时的植物或许就要依赖这些体形硕大的动物帮助传播种子，所以有一种假说，已经灭绝的地懒就是牛油果种子的传播者。

而之前讲到的辣椒，它传播种子的方式也很有意思。成熟的辣椒红彤彤的（青椒熟了也会变成红色），野生的辣椒果实很小，而且是朝着天结果，这一切都是为了吸引传播者的注意。可是，辣椒含有刺激性的辛辣成分，这难道不是因为不想被别的动物吃掉吗？辣椒到底是希望被吃掉还是不被吃掉呢？

辣椒种子的传播者是鸟类。鸟类没有牙齿，它们直接把辣椒吞到肚子里，这样就尝不到辣味了。既然如此，这些辣味又是给谁准备的呢？一个研究结果显示，原来，椿象为了吸食辣椒的汁液，会在果实上弄出一个小孔，这个小孔就给细菌进入提供了方便。果实如果被细菌感染，就会烂掉，而辣椒果实中的辛辣成分有抗菌的作用。

通过了解我们生活中的这些蔬菜和水果的特性，我们便能看到这些特性实际上就是它们为了繁衍生存下去，而在演化过程中获得的。

生物本身脱离不开生存和演化的历史，所以我想用蔬菜这一教材向学生们传达这样的知识。

什么是杂草

虽然已经多次引用，但我还是想说，那霸的中学生身边常见的"猫、狗、鸽子、蟑螂和杂草"等生物，还是给我留下了深刻的印象。

特别是杂草，并没有哪种植物的名字就叫杂草。不管到哪个城市，街边或行道树下都长着很多杂草，但我们并没有认识到它们是各种不同的植物，只是泛泛地将它们称为杂草。我思考着怎么才能让学生们对植物更感兴趣，于是就想到了"不管是蔬菜还是水果，它们都是植物"，想用这样的议题来让他们重新审视身边的自然。

但是，还有一点值得注意。

虽说并没有一种植物叫杂草，但我自己也常常会用杂草这一概念将各种草一概而论。作为理科老师，我必须比学生更加了解这些植物的名字。但如果你问我认不认识路边的那些杂草，我脑子里只能给出一个答案：我也不认识。因为，我也没有关注过它们。

有了这个意识之后，我开始思考如何把目光转向杂草。之前没有关注过杂草，是因为没有机会。可是现在，虽然并没有认识所有杂草的必要，但为什么不能从路边这些容易见到的杂草开始，尝试去认识它们呢？

那么问题来了：到底什么是杂草？

查阅资料会发现，不同的书对杂草的定义不尽相同。也就是说，杂草的定义本身，也处于模模糊糊的状态。

通过查阅各种资料，我了解到一个广受提倡的假说：所有的作物都是先从野生植物演变成杂草，再被驯化为作物的。

人类开始定居生活后，就着手把周边的环境改造得适宜居住。人们把高大的树木砍掉，创造了许多开阔的环境，而人类的排泄物和垃圾又丰富了土壤中的氮元素，于是一些植物开始在这样的环境中繁衍生息。这些植物中，就包括对人类没什么用处、只会一个劲儿疯长的杂草。但人类又从这些杂草中，栽培选育出了作物。

看到这个假说之前，我一直以为作物是人类特意选择出来的有用植物，然后将它们种在居住地周围的。实际上，如果那些植物不能很好地适应人类的居住环境，就算把它们移植过来也没法成为作物。从能够适应人类环境的植物中挑选有用的种类，这一点毫无疑问。不过还是让我恍然大悟。

如果带着"所有的作物原本都是杂草"这个假说再去观察路边的那些杂草，就会变得十分有趣。其中一个有趣的视角，就是从这些杂草中找出那些作物的亲戚、祖先，与作物近缘的植物，以及那些没能被选育为作物的植物。

许多禾本科植物和我们吃的谷物是亲戚，在路边也能找到它们，其中最有代表性的便是俗称为狗尾巴草的狗尾草（*Setaria viridis*），它是我们现在吃的小米（*Setaria italica*）的祖先。

发现杂草

在夜间中学，我曾讲过狗尾草和小米。

课上，我拿出狗尾草问："有没有在路边见过这种植物？"

"我们管这个叫 Mayajyu。"

与冲绳本岛一桥相连的濑底岛[1]出身的学生答道。这个名字在本地方言中有"猫尾巴"的含义。接着，我又拿出小米，并告诉他们，小米实际上就是从狗尾草驯化来的，学生们特别惊讶。从人类将其作为作物栽培以来已经过了 1 万年，虽说和地球的历史相比这点时间实在微不足道，但对人的一生来讲已经相当漫长。在这 1 万年间，狗尾草从一种野生植物变成了现在的小米，一般人很难有切身感受。

"在我们岛上，人们也种植小米和小麦。"这位濑底岛出身的学生继续讲道。濑底岛地形平坦，岛上没有天然的河流，所以没有水田，农业上以旱田为主。

---

1. 濑底岛：位于冲绳岛北部，属于冲绳县国头郡本部町。通过濑底大桥与冲绳本岛相接。

　　"小麦的茎秆可以用来代替喝水的吸管。"一个栗国岛出身的学生接着答道。

　　以前，栗国岛这座珊瑚礁隆起形成的岛屿上，既没有森林也没有河流，水是特别珍贵的资源，人们就用小麦秆当吸管，喝偶尔下雨留下来的积水。夜间中学的课堂上，充满了学生们之间关于丰富经历的交流。

　　那么，小米和狗尾草有什么不同？

　　"小米的穗粗。"

　　"小米的穗往下垂。"

　　除此之外，小米的芒也变短了。芒可以阻止鸟类啄食里面的种子，但在人类的管理下，鸟被赶走之后，小米就不再需要芒来保护种子了。另外，还有一个从表面不容易注意到的变化，就是小米的种子不容易脱落。在野外，成熟的种子很容易从穗上掉下来，但是在选育过程中，人们会选择那些收获时种子不容易脱落的个体。不过，这些失去种子脱落能力的小米也就没有办法再依靠自己的能力传播子孙后代。

　　"那么这样变化，算得上是进化吗？"还有人提出这样略显尖锐的问题。

　　因为人为选择而产生的这些变化，并不能称之为进化，但动植物的驯化在人类的历史中具有相当重要的意义。拿身边的狗尾草和小米对比，便能让学生了解驯化。

　　其实，拿小米和狗尾草做对比的讲课方式在我来冲绳之前，也就是在自由之森学园就用过。那时候，我为了让学生们体会一下小米和狗尾草是同样的东西，想着为什么不试着吃一下狗尾草呢。

　　经过多年经验的积累，我找到了一种吃狗尾草的方法。用手轻轻碰狗尾草的穗，那些种子会噼里啪啦地掉下来，这些种子被称为稻谷。无论是我们吃的糙米还是精米，第一步都是先脱壳。狗尾草也一样，必须先把外面那层谷壳脱掉。我最开始遇到的麻烦，就是要找到一种方法，把狗尾草谷粒上的这层谷壳脱掉。尝试了多种方法后，最终我发现，用蒜臼能非常轻松地把它外面的谷壳捣掉。不过，如果捣的时候力气过大，会把能吃的那部分也捣碎；力气太小，壳就会弄不干净。捣完之后轻轻地吹一口气，就能把脱下来的谷壳吹出去（当然吹气也是功夫，太强或太弱都不行，必须多次尝试）。把这些像面粉一样脱完壳的狗尾草放进锅里，加上水就可以蒸出一锅狗尾草饭（水不能太少，否则容易煳掉，煮出来更像粥）。

　　全世界大约有 500 种禾本科植物，其中有水稻、小麦、玉米等主要作物，也有小米（粟）、黍和紫穗稗等各种杂谷。也就是说，与这些谷物有联系的野生种类都生活在各种各样的地方。要说我们身边这些杂草中哪些是谷物的祖先，除了狗尾草，紫穗稗的野生种稗（*Echinochloa crus-galli* (L.) P. Beauv）也很容易在身边见到。稗在稻田中是非常难除的杂草（甚至有杂草之王的称谓）。除了稻田，在旱田和城市的路边都能见到它，是极为常见的杂草。稗作为紫穗稗的祖先一样可以食用。如果想要收获大量的稗作为食物，可以去休耕或刚刚割过稻谷的田中看一看。在实际实验中，稗和狗尾草可以用同样的方法做成饭（当然样子都是粥）。像金色狗尾草（*Setaria pumila*）和鸭雌草

（*Paspalum scrobiculatum*）这些身边常见的杂草，也在少数地区（如印度）被用作谷物。

建立了"探索和作物之间的关系"这样的着眼点后，我也慢慢地开始"看得到"身边的这些杂草了。无论何时，自然就在那里，只是我们平时未曾察觉。

狩猎采集部落的生活

我把蔬菜和杂草作为主题后，对人类的历史也产生了兴趣：在种植作物以前，人类是如何生活的呢？

我们都知道，在农耕劳作之前，人类过着狩猎采集的生活。可是，我真的了解狩猎采集生活吗？

在狩猎采集的年代，人们吃的主食受到他们生活区域的影响。回顾历史，所有人类都经历过狩猎采集的阶段。农耕文化不过 1 万年前才开始，可以说几乎 99% 的人类历史都处在狩猎采集生活之中。但是，对现在的我们来说，那些过着狩猎采集生活的人类距离我们的历史已经非常遥远。

在自由之森学园的解剖团活动的巅峰时期，除了稔和真树子外，还有一个学生美佳子，在读时她就对动物特别有兴趣。高中毕业后，她在大学选择了生物学专业，毕业论文的主题是野兔的生态。但研究生阶段她转向了人类学，最后成了一名人类学学者，现在在大学任教。她对动物很感兴趣，后来把兴趣点慢慢转移到与动物相关的人的生活上，最后开始研究狩猎部落。

　　她研究的地点在加拿大，调查对象是世界上非常依赖传统狩猎生存的卡斯卡人（Kaska），他们的主要猎物有驼鹿、驯鹿、野兔和河狸等。卡斯卡人最喜欢驼鹿肉，但根据美佳子的调查，虽然河狸主要为他们提供皮毛，但他们也会吃河狸的肉。她在书中还介绍了河狸肉的味道："肉很肥，是我吃过的肉中最香的。"不过，卡斯卡年轻人并不怎么喜欢河狸肉，老人比较喜欢吃。如今，世界的发展趋势也波及了这里，还过着传统生活的卡斯卡人只剩下老人了。卡斯卡人还会吃河狸那宽大扁平的尾巴，他们管河狸的尾巴叫"Indian delicacy（印第安的珍味）"，肌肉和脂肪混在一起，吃起来有一种说不出的口感。另外，我还从美佳子那里得到了河狸的头骨和尾巴，讲课时能给学生们展示。

　　卡斯卡人之所以会成为依赖狩猎生存的部落，原因之一（或许是唯一的原因？）是他们生活在靠近北极圈的亚寒带针叶林带（根据美佳子的书所知，这里的年平均气温在零下 2.6 摄氏度，有记录的最低气温是零下 58 摄氏度），除了树莓的果实和早春的野菜能够食用外，一年中很难完全依赖植物补充热量。与我们印象中的那种狩猎采集生活或狩猎采集部落不同，现在还过着狩猎采集生活的民族，多数以采集的植物为主要的能量来源。田中二郎 [1] 先生曾在著作《沙漠猎人》中写道："地球上的狩猎采集部落中，以狩猎为主要经济和生活来源的部落……都生活在植物资源极度贫乏的高纬度地区。"

　　说到日本的狩猎采集生活，脑海中马上就会想到绳纹时

----

1. 田中二郎：日本生态人类学家，京都大学名誉教授。

代[1]。一说到绳纹人，我们就会想到他们主要狩猎鹿和野猪，也会捕捉鲑鱼，采集贝类、栗子和橡子为食的样子。

我虽然不是人类学者，但作为理科老师，想要贴近狩猎采集生活的话，或许可以考虑通过吃橡子来感受。

试吃橡子

与杂草一样，橡子不仅有定义，还有不同的研究者提供的不同定义。我自己把橡子定义为"壳斗科栎属和石栎属植物所结的果实"（除此之外，也有人把锥栗、板栗等定义在橡子这个门类中）。依据这个定义，能够结出橡子的植物在日本有栎属 15 种、石栎属 2 种，合计 17 种。

我之前任职的自由之森学园周围被杉树、日本扁柏等杂木林所包围。杂木林是人类接触自然后萌生的产物。构成里山[2]一角的杂木林会被定期采伐，用作木材或木柴、木炭等。林地上堆积的落叶也会被收集起来用作耕地的肥料。因为定期受到人为干扰，在这样的环境中，更能从被砍伐的树桩中重新萌芽的树就会成为优势种，由这些优势种组成的森林被称为杂木林。在日本，生长在神社后面的树林不会被砍伐，因此保留了最原始的林木种类，如锥栗（*Castanopsis* sp.）和能结出橡子的常绿乔木青冈栎（*Quercus glauca*）、小叶青冈（*Quercus myrsinifolia*）等。所以要了解橡子，就必须同时了解构成日本

---

1. 绳纹时代：日本旧石器时代末期至新石器时代，因绳纹陶器得名。
2. 里山：指由住家、聚落、耕地、池塘、溪流与山丘等混合而成的地景。

原生林和里山中作为次生林的主要树种。为了让学生和构成原生林中的那些树有接触的机会，在课上我让他们试吃了橡子。另外，就如前文所述，这样的尝试也为了让他们亲身去体验：人类曾经经历过很长一段时间的狩猎采集生活。这样小小的、身边随处可见的、经常捡来玩的橡子居然还能吃，这对学生们来说是一次非常新奇的体验。

那么，橡子应该怎么吃？

不同种类的橡子，有的吃起来容易，有的则比较麻烦。吃起来最容易的是石栎属日本石栎（*Lithocarpus edulis*）的橡子，这种植物从日本九州南部一直到冲绳，在屋久岛或冲绳本岛北部的山原地带都有分布，多见于山脊等干燥地带。此外，在城市的公园和学校里也有种植。在我的故乡南房总市，里山经常由日本石栎林构成。在南房总，人们不仅将其用作木柴或木炭，还会把它插在海里当作养殖海苔的桩子。在我的大学时代，由于伙食费不多，秋天经常到校园内捡日本石栎的橡子充饥。日本石栎的橡子壳（一般植物身上属于果实的部分）很厚，虽然剥去外壳相当费劲，但可以食用的种子部分基本没什么涩味，煮一下就能吃了。在饭能上课时需要用到大量的橡子，可是在当地我并没有找到成片的日本石栎林，因此每年秋天我都回到母校千叶大学，背着帆布包去捡橡子（实际上，我移居冲绳后，每年还是会坐飞机回母校捡日本石栎的橡子）。我会把橡子做成曲奇饼，在课上发给学生品尝。制作过程如下：先把橡子厚厚的外壳切开，用刀把里面的种子切成碎块，放到蒜臼中捣成粉，和猪油、糖（有时也会加鸡蛋）混一起，放到烤箱中烤制。

给初中二年级的学生上课时，学生们会说："既不是锥栗也不是板栗，吃橡子的感觉还不错哟。"甚至还有学生说："老师有多余的橡子能让我带回去吗？我想在家里做一个试试。"除了做曲奇饼，也有学生喜欢捏成像汉堡肉饼那样厚一点的面团，用平底锅煎了之后蘸酱油吃。总之，橡子料理在初中生中广受好评。

但如前面所讲，这种日本石栎原本只生长在九州南部以南的地区，曾经生活在埼玉地区的绳纹人肯定没见过这种植物。虽然学校的周边有枹栎（*Quercus serrata*）或小叶青冈，但它们的橡子没法食用，里面含有很多丹宁物质，口感非常生涩。

不管是小学生还是大学生，发橡子的时候我都会问他们："哪些动物喜欢吃橡子？"几乎所有人都会异口同声地回答：松鼠。但近些年的研究结果显示，日本的松鼠并不爱吃橡子，因为橡子里面有产生涩味的丹宁物质，而丹宁本身有毒，所以松鼠并不会食用含有丹宁的橡子。看来，在这个小问题上我们也似懂非懂。既然松鼠不吃橡子，那么为植物传播种子的就不是松鼠。其实是老鼠，比如大林姬鼠（*Apodemus speciosus*），有研究显示它们在取食橡子的过程中获得了抵抗丹宁毒性的能力。

而对人类来说，如果不去除橡子中的涩味，无论如何也没法吃。虽然我们还不知道绳纹时代的人类到底如何去除了橡子的涩味，但近年来各地出现将橡子作为救荒食品或小吃。阅读了相关书籍之后，我进行了尝试。起初，仅仅通过看书我并不能掌握哪个步骤是重点。但是经过了数年的失败尝试，最后，我终于明白去除橡子的涩味并不需要用到什么特别的工具，直接把生橡子的壳剥开，然后还是用刀把里面的种子切碎，再用蒜臼捣成粉，把捣完的粉末放在盘子中加入水，涩味就溶到水中了。这个时候水就被染成了茶褐色，把水倒掉，重复操作直到将涩味完全去掉。拿枹栎来说，需要差不多三天的时间，中间一共换 10 次水，基本就能把涩味去掉了。不同种类的橡子所含的丹宁物质多少不一样，有的去得比较快，有的则麻烦一些。乌冈栎（*Quercus phillyraeoides*）就比较容易去掉涩味，而冲绳这边分布的冲绳白背栎（*Quercus miyagii*）虽然结出的橡子很大，但它的涩味很重，就算花一周时间还是会残留涩味。

按照上面的方法去掉橡子的涩味后，把面粉晾干，然后加入适量的水、猪油和砂糖搅拌在一起，就能料理出好吃的食物。除了有甜味的曲奇饼外，还可以做成日式什锦烧。如果觉得麻烦，可以买市面上做好的橡子粉（韩国现在很流行去涩后的橡子淀粉，所以可以直接买韩国产的橡子粉），和小麦粉混合就可以制作了。

另外，我在"饭能的自然"选修课上，还尝试把从神社中捡来的小叶青冈的橡子做成曲奇饼。

我在大阪的万博公园调查后发现，像小叶青冈这样的常绿乔木每年结的橡子很多，不同的年份橡子数也不会有太大的波动。根据小山修三[1]先生的著作《绳纹时代》所述：10 亩小叶青冈平均可以收获橡子 19 千克，日本石栎也是 19 千克，枹栎 4.5 千克，而大米亩产能达到 145 千克。由此可知，农耕文化的开

---

1. 小山修三：日本文化人类学者、考古学者，日本国立民族学博物馆名誉教授。

始为人口的增加做出了怎样的贡献。

身边自然的普遍性

我也多次在大学里尝试烹饪橡子。

在冲绳本岛中南部出生的学生，很多都没有捡到过橡子了。我刚到冲绳的大学工作时，第一次知道还有这样的事。

意识到这件事时我很惊讶，同时也开始思考：所谓的身边的自然，它的普遍性是什么？对于捡橡子这样一个简单的活动，放眼全日本，也并非一个普遍的活动。这与冲绳本岛中南部的石灰岩地貌有关。壳斗科植物并不喜欢生长在以碱性土壤为主的石灰岩地带。最特别的例外是日本本岛常见的青冈栎变种——奄美青冈栎（*Quercus glauca* var. *amamiana*），在冲绳本岛的石灰岩地带形成了大片林地。但奄美青冈栎并不随处可见，所以这些出生于中南部的学生并不认为橡子属于自己身边常见到的东西（而且，还有学生以为冲绳本身就没有橡子）。我带着这些学生一起烹饪橡子时还发现，橡子料理并不受他们欢迎。

上大学时做的橡子料理用的是冲绳白背栎和奄美青冈栎的橡子。冲绳白背栎的橡子确实涩味很重，用了一星期的时间才差不多将涩味去除。问题在于，去涩后的橡子粉虽然没有了涩味，但也不是美味的食物。在埼玉的高中课堂上我也引入过橡子料理，既有橡子曲奇饼，也有其他形式的料理，学生们的评价非常好。如果非说有什么不同的话，难道是学生觉得橡子料理的普遍性有差异吗？换言之，埼玉学校的学生们面对橡子料理时，因为他们从小时候就知道有橡子这个东西，只是没有吃过，所以他们会惊讶：这些小时候作为游戏道具的东西居然还可以吃，因而品尝了之后给了较高的正面评价。与此相反，冲绳的大学生们见到橡子料理前都没有接触过橡子，因此面对"品尝加工后的橡子"这一课题时，本能地预判这应该是一种美味的食物，但是结果味道一般，他们并不觉得好吃，所以才会给出这样负面的评价吧。

由此看来，身边的自然也是相对存在的，会因地域或时代而发生变化。正因如此，对眼前的学生来说，有必要持续地追问什么是他们身边的自然。什么是身边的自然？这并非一道容易回答的题目。

第 5 章

探索远方的自然

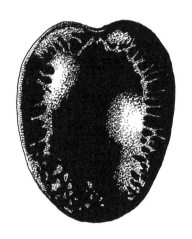

越南榼藤（*Entada tonkinensis*）

奄美大岛产

探索远方的自然

我从那个工作了 15 年、被杂木林包围的学校离职后来到冲绳，除了因为星野先生想要建立一所学校（珊瑚舍学校）之外，还有一个缘由就是，越来越想亲眼看看冲绳的人与自然之间的关系。

在自由之森学园教书时，总会听到学生们觉得自然跟自己没什么关系，又或是觉得追寻自然的人都比较特别之类的言论。其实并非如此，自然就在我们身边。为了传达这个观点，我才会在课上让学生们吃橡子，或者通过骨头和虫子来打破他们心中那层对自然不感兴趣的外壳。除此之外，我觉得还应该从其他方面多探索尝试。

一方面，自然就在我们的身边，即便是你讨厌的事物，也有它有趣的一面。另一方面，自然又是残酷和恐怖的，有许多我们人类力所不及、无论如何干涉也无法改变的，我将其称为"远方的自然"。我意识到，自己对这方面也不甚了解。

因此，我提交辞呈，来到了冲绳。

遇见冲绳

　　对冲绳最初的模糊认知，要追溯到我小学捡贝壳的时候。回到家中按照图鉴去鉴定在海边捡到的贝壳，那时候满脑子只想尽可能捡到更多种类的贝壳。打开自己手边的图鉴，里面有许多我在海边从来没有见过的美丽贝壳，其中大多是生活在南方海域的种类。书中用"奄美大岛以南、冲绳群岛以南"等字眼记录它们的分布，这些都印在我的脑海中。从此，冲绳就成了我一直向往的地方。

　　另外，小学时的一次奇遇也让我对冲绳产生了深刻的印象。

　　当时，学研社有一本面向小学生的科学杂志，名为《科学》。因为家里并不富裕，所以我并没有订阅。有一天，我的母亲从一个熟人家里拿回了几本《科学》旧刊送给我，我超级开心，其中一本就是关于"西表岛的自然"的特刊。西表岛最有名的就是西表山猫了，但西表山猫这个物种正式发表于1967年，那时候我已经通过这本杂志知道西表山猫这种动物了。不过，我对当时杂志中介绍山猫的内容并没有太多记忆，反而是杂志中一张巨大的豆子的照片给我留下了深刻印象。那是一位穿着探险服的男人，双手捧着那个大豆子，豆荚超过1米长。世界上居然真的有这么大的豆子，这一事实让我着迷。我把这张照片剪下来，一直保存在自己的抽屉里。

　　大学一年级的春假，我第一次来到冲绳旅行，在西表岛亲眼见到了这种巨大的豆子。根据民宿老板的指引，我与从树冠上垂下来的巨大豆荚"四目相对"。因为是3月，绿色豆荚还未成熟。不过现在回想起来，当时见到的还只是个小号的豆荚，但因为能够亲自实现小学时代以来的憧憬，我已经非常开心了。

大学四年级的时候，自由之森学园在教育杂志上刊登了招聘老师的广告。我通过资格审核之后，就准备试讲和面试了。

"可以吃的果实"是我选择的试讲题目。

当时讲的内容已经记不清了。我带了好多种树的果实，一边分给大家吃，一边讲关于植物种子的传播及分类相关的内容。我还带来了之前在西表岛采集的那种巨大的豆荚给下面作为听众的学生们看。面试中有人对我讲课的评价是"虽然很有趣，但不明白他想表达什么"。虽然不知经过了怎样的一番评价，最终我还是被录取了。

之前已经说过，为了设计自由之森学园的课程内容，我很苦恼。对于当时的我，首要任务是获取更多跟自然相关的知识，找到能把自然的有趣之处传达给学生的材料。拿到第一笔工资后，我马上回到大学时代生活过的千叶。那时候，学校旁边的公寓里有一家干花店，店里一个巨大的、长度超过 1 米的进口豆荚吸引了我，但超过 5 000 日元的价格对一个穷学生来说简直是天价。好不容易挣到了钱，第一件事就是先去把这个大豆荚买回来。

自从当了老师，我每年都要去一趟西表岛。由于都是在春假的时候去，所以只能见到绿色的尚未成熟的大豆荚，而且我发现，想要捡到它们的种子，就不得不钻到密林中去。这种能结出巨大豆子的植物只有在西表岛那种沿河的密林中才能发现。钻进林子后，河边泥泞的地上和周围的斜坡上，爬满了直径超过 30 厘米的藤条。抬头望着林冠，上面挂着巨大的豆荚。有时候我就爬到旁边的树上，坐在上面把豆荚的样子画下来。这些植物沿着河边生长，成熟的豆子从豆荚中脱落，顺着河流漂向大海，之后又被海浪推回海岸。所以在西表岛的海岸边，时不时就能捡到直径 35 毫米左右的种子。这种植物的种子扁扁的，中间鼓起来，形状有点儿类似两个笠帽对在一起，看起来就像干香菇，但种皮特别特别硬。

正因为有坚硬种皮的保护，再加上种子内部有空洞，所以它们可以漂浮在海上，能随着海流漂到很远的地方。

以前，人们并不知道在海边捡到的种子属于哪种植物，他们认为这可能是海藻制作出来的宝石，因此日语中管它叫"藻玉"（Modama，图 5），即榼藤（*Entada*）。用这种豆子做成的挂坠非常珍贵。我知道榼藤利用海洋传播种子，以及人们会把它的种子做成挂坠的故事后，便注意到东京或埼玉的二手店中，有时候也卖用榼藤种子制作的挂坠。

在日本，榼藤分布在屋久岛以南，并且屋久岛和奄美大岛的榼藤与冲绳以南分布的榼藤并非同一种。前者的种子比后者的大很多，略呈椭圆形。另外，随着海水漂流到日本本岛的榼藤种子通常也不是这种类型的，而是整体圆圆的，非常厚。小时候对榼藤产生兴趣之后，我在老家南房总馆山的海边就能捡到这个类型的。

我整理了这些不同种类的榼藤在日本的分布范围：

榼藤（*Entada phaseoloides*）分布于冲绳本岛、西表

岛、石垣岛和与那国岛。

眼镜豆（*Entada rheedii*）分布于东南亚，但日本沿
岸也能见到漂来的种子。

越南榼藤（*Entada tonkinensis*） 分布于屋久岛和奄
美大岛。

除了榼藤，还能在海边捡到从比日本更靠南的东南亚和菲
律宾等遥远的地方漂来的植物种子。这些种子让我们看到了平
时一动也不动的植物，在传播种子时居然拥有惊人的移动能力
（在与那国岛，有时还能见到从遥远的中美洲穿越太平洋漂来的
旋花科的盘果鱼黄草［*Merremia discoidesperma*]）。

不管是榼藤的生长姿态，还是它们传播种子的方式，都有
着吸引人的地方。因此我一次又一次地去西表岛观察榼藤，还
去海边捡拾它们奇怪的种子。

儒艮猎之歌

在不断拜访西表岛的过程中，我不但被那里的自然本身吸
引，还从当地人那里听来了许多跟自然有关的故事，而这些故
事也引起了我强烈的兴趣。

其中最让我感兴趣的，就是在岛的东部经营着一家民宿的
O 先生。O 先生出生在西表岛边上的一个小岛——新城岛。以前，
西表岛上疟疾肆虐，人们都居住在周边的小岛上。新城岛上没
有河流，能用来耕种的平地也很狭小，饮用水更是稀缺。但就

是因为岛上没有河流，所以疟蚊（*Anopheles*）没办法繁殖，疟疾也就没有了传播媒介。那个时候的人们就住在新城岛，每天坐船到对岸的西表岛耕作。

战后，西表岛的疟疾被消灭，以往住在那些交通不便的小岛上的人们，纷纷搬到了西表岛。现在，新城岛上虽然还残留着房子，但除了守岛人之外，其他的岛民只在有祭祀活动时才回来。在西表岛经营民宿的 O 先生，就是众多从新城岛移居到西表岛的居民中的一员。

我并不是刚到民宿就知道 O 先生出生于新城岛的，而是数次到这里住宿时，偶然间听到了一些趣闻逸事，慢慢地我开始发觉，这些趣闻也有它的意义。

搬到冲绳那一年，我特地去西表岛找 O 先生听他讲以前的故事。在琉球王府时期，岛民用当地的特产给王府纳税，种米的岛就上缴大米，没有河流（如宫古岛等）没法种水稻的就上缴小米。新城岛的岛民除了要通过西表岛上缴大米外，还要在新城岛缴纳儒艮。现在，冲绳近海已经很难见到儒艮了，它们以前就生活在八重山群岛的近海中。由于当地人自古便有食用儒艮的传统，所以在冲绳本岛和八重山群岛的一些历史遗迹中确实出土过很多儒艮的骨头。但是，到了王府时代，猎捕儒艮必须获得王府的许可。当时的新城岛人就把猎来的儒艮肉留下来自己吃，把头骨作为祭品放在一个叫"御岳"的祈祷场所中供奉神灵。他们还会把一部分用盐腌渍过的肉和晒干的皮上缴给王府。据说儒艮的干皮可以用刨子削成木鱼花那样的薄片食用，王府会用这种珍味招待贵宾。

到了明治时期，琉球王府被日本吞并。不再受王府管理控制后，人们开始随意猎捕儒艮。据推断，当时八重山近海还生活着数百头儒艮。统计资料记载，明治四十年至四十三年间[1]，每年有数十头儒艮被猎捕。而大正三年[2]以后，就再没有从统计资料中看到过儒艮的记录。也就是说，儒艮从八重山彻底消失了。

儒艮消失后的今天，新城岛在举办祭祀活动时，唱歌跳舞的主题仍然围绕着猎捕儒艮时的场景。我很想跟 O 先生学唱这首歌，但单听歌词，没能理解其中的意思。

マージャーミヤラビヌヨメショレーノガナシ
セーカーミヤラビヌヨメショレーノガナシ
シルビヤママーリアラキヨメショレーノガナシ
アダニヤマバアラキヨメショレーノガナシ
ユナカジュパギドーショメショレーノガナシ
アダナシバユキリドーショメショレーノガナシ
…………

O 先生教我的这首儒艮猎之歌，表现的是人们在编织猎捕儒艮用的网子。歌词大意是人们到了海边，从露兜树的气生根和黄槿的树皮中抽出纤维，用来编织网。

在新城，人们把儒艮称作"Zan（ザン）"。

---

1. 即 1907—1910 年。——译者注
2. 即 1914 年。——译者注

"儒艮有尾鳍，人们把网住的儒艮拖到船边，然后让有力气的年轻人跳到海里，用锋利的刀子把它的尾巴割断，捕猎过程很危险呢。"

我从 O 先生那里听到这些故事。

这就是曾经与冲绳人息息相关的自然故事，也包含了人们与自然的相处方式。我将这一切概括为"远方的自然"。不知你是否也这样认为，但至少于我，儒艮就是"远方的自然"的象征。

井边的青蛙之歌

我移居冲绳后，还在西表岛听说了另一首歌，歌词中同样出现了儒艮。

这首歌在西表岛西部一个叫干立的村落中流传，歌名为《生命果报歌》。我从 Y 先生那里看到了染在手绢上的歌词，他就出生在这个村子里。那手绢是用来纪念同村的 M 先生 85 岁生日而发的。我抄下了这首歌的歌词：

　　1. カーヌパタタヌ　アブタマ　パニバムイ　トブ
ケー

　　＊バガケーラヌイヌチ　シマトゥトゥミ　アラシ
ョーリ（后略）

　　直到井口边的小青蛙长出翅膀，飞向天空

　　只要我们还有生命，还有岛，就会世世代代繁荣昌盛

　　2. ヤーヌマールヌ　キザメマ　ウーブトゥウリ　アラ

ショリ

直到房前屋后的蜗牛，到大海中变成了夜光贝

3. ヤドゥヌサンヌ フダジメマ ウーブトゥウリ サ

バナルケ

直到爬在门上的小壁虎，到大海中变成了儒艮

4. グシクヌミーヌ バイルウェマ ウーブトゥウリ

サバナルケ

直到石缝间的小蜥蜴，到大海中变成了鲨鱼

5. プシキヌシタラヌ キザゴナマ ウーブトゥウリ

ギラナルケ

直到红树下的蚬子，到大海中变成了砗磲

非常有趣的歌词，井边的青蛙居然还能长出翅膀飞上天，正因为这种事永远都不可能发生，或许就因此代表了"永恒"吧。

如果换个词来说，应该如何表达呢？

在第 2 句歌词中，写到蜗牛到大海中变成了夜光贝，第 3 句说壁虎变成了儒艮，第 4 句是石缝中的蜥蜴变成了鲨鱼，最后到了第 5 句，生活在红树下的蚬子（红树蚬 [*Geloina erosa*]）到海里变成了砗磲。

歌词中除了第 1 句，其他所有的变化都以海滨为界，将陆地上和海洋中的生命相互对比。

以前的人们相信大海的对面有另一个世界。人们站在海边，面朝大海，对人们来说，大海与生活其中的生命，就是通向并联结那个"远方的自然"的"桥梁"。

此外，反观人们生活的村落、周边的环境以及其中的生物，这些便是支撑人们日常生活的"身边的自然"。

这首歌中，用"身边的自然"与"远方的自然"对比，表达了永恒。

或许，"远方的自然"与"身边的自然"并非相互对立。它们相互匹配，才能组成人们生活的方方面面。通过这首《井边的青蛙之歌》，我涌现了这样的想法。

我还有另一个想法。直到最近，我才开始常常听到一个词：可持续社会。可是在西表岛，很久以前人们就已经在传唱这首期望永恒（可持续）的歌曲了。

讲课过程中，我发现学生们对时间的感觉，差不多以 100 年为极限。比如，我拿出一个化石问："这是多少年前的东西？"不管答案是 100 年前还是 1 亿年前，他们对此的感觉都差不多。只要时间跨度超过 100 年，就可以用很久很久以前来概括，这便是学生们的时间感觉。人类作为一个生命体，从自身的寿命出发，是再正常不过的事。这样看来，我开始自问，自己对时间的感觉，真的和学生们有所不同吗？我确实掌握了一些科学知识，但有没有可能只是佯装自己能够感受到更长的时间尺度呢？然而，人类创造出了能够以更长尺度来思考事物的东西——文化。

已故的公民科学家高木仁三郎[1]先生在野时，一直在为警惕

---

1. 高木仁三郎（たかぎ じんざぶろう，1938 年 7 月 18 日—2000 年 10 月 8 日），出生于群马县前桥市。理学博士，日本物理学者，毕业于东京大学理学部化学系，专业为核化学。

核电站的危险性发声，他曾在自己的书中公开了一段对话，是他与反对在自己居住地开采铀矿的美国原住民青年所展开的。这位青年介绍了自己的部落遇到白人后的生活，以及族人第一次见到白人时的故事。也就是说，他在讲述这些并非他亲身经过的历史时，就像在讲自己经历过的事情一样，这给高木先生留下了深刻的印象。这位青年，为了他还未出世的后人，强烈反对开采铀矿。高木先生写道："他认为自己的生命是数千年来祖先们的延续，承载着千年的历史。这也意味着，他对未来的想象力比我们远大得多。"高木先生指出，正是由于我们丢失了长远尺度上的时间感觉，才会对核电站所产生的放射性废弃物（核废料）的危险性变得如此迟钝。

高木先生书中介绍的这位美国原住民青年的这种时间感觉，和《井边的青蛙之歌》中所唱的是同一个概念，即永恒。

"远方的自然"，不就是和长远尺度上的时间有联系的事物吗？

冲绳身边的自然

为了探索"远方的自然"而移居冲绳的我，同时得到了认识"身边的自然"的机会。

刚搬来冲绳时，我去了本地的琉球大学，拜访了朋友介绍的生物系的老师。

在场有一个人问我："你为什么来冲绳？"

"是来见识山原里那些珍稀生物的吗？"

　　突如其来的问题让我不知所措。因为我本身也是稀里糊涂地来到了冲绳，虽说我是带着"想思考一下何谓'远方的自然'"这样的想法而来，但三言两语似乎也解释不清。虽然模模糊糊知道冲绳的山原里生活着许多珍稀生物，但也并非专门为了看这些特有的珍稀动物而来。

　　我太西表岛听了那首跟儒艮有关的歌，与此同时也决定开始花一些时间思考：如何去认识冲绳的自然。

　　原本我一直在思考，如何才能让人们多关注一下"身边的自然"。来到冲绳后，起初想听一听每个人记忆中残留的那个和"远方的自然"有关的故事。后来我又重新决定，还是应该先好好认识一下冲绳"身边的自然"。

　　可是，刚刚开始探索冲绳的"身边的自然"，我就找不到头绪了。无论是我的故乡馆山，还是工作过15年的埼玉，周边的环境都是里山，也就是说从古至今人类都参与其中。而我一直都认为，那样的自然就是"身边的自然"。但是我在冲绳的乡村观察发现，到处都是一片一片的甘蔗田，完全看不到本岛里山那样的，水田、旱田和杂木林等多样利用自然的模样。

　　很长一段时间里，我都处于这种没有头绪的状态。

　　在珊瑚舍学校担任冲绳讲座的老师给我介绍了一位从小就务农的老爷爷，我在他那里找到了突破口。

　　老爷爷小的时候，现在变成了一片片甘蔗田的本岛南部，也有很宽广的普通水田。

　　老爷爷说："我家共有700坪水田，分别由100坪、150坪、80坪、60坪等一个个小水田组合而成。看起来有点儿像梯田呢，毕竟这里没有太平整的土地。每家每户都给自家的水田起了各种名字，有的水田甚至只有 10 坪。还有个名字叫'古池前'的水田。'池'是指由地下泉水涌出来形成的水池，可以让马在里面洗澡。这样的池有两个，很久以前就在的那个被称为古池，现在已经被填埋成了旱田。那时候小孩子们经常去那里捉'Toiyu（冲绳方言，即叉尾斗鱼［*Macropodus opercularis*］）'，还有'Taiyu（冲绳方言，即鲫鱼［*Carassius sp.*］）'，数量可多了。"

自从听了这位老爷爷的故事，我就开始到不同的岛和村落里寻找那些上了年纪的人，听他们讲以前的一些故事，重点是要在"以前，有水田的时候"。我查阅资料发现，1936 年，冲绳本岛因为大旱而水田数量急剧减少。而这一时期，还恰好与从自给自足的生活方式向消费型生活方式转变的时期相重叠。此外，水田的减少还与红薯和大豆种植数量的减少发生在同一时期。

身边自然的多样性

我从这些老人口中听来的故事，都和冲绳以前的"身边的自然"有关。比如说，以前有水田的时候，会用什么样的植物做肥料之类的。最初那位老爷爷告诉我，那个时候他们用的是当地方言称为"Ukafa"的植物的树叶，这种植物一般长在不能被用作耕地的地方。"Ukafa"是一种乔木，即水黄皮（*Pongamia pinnata*），分类上属于豆科水黄皮属。豆科植物的根部有具有固氮能力的根瘤，所以在贫瘠的土地中也能生长，再加上它们体内本身就含有很多氮元素，所以非常适合作为绿肥。从各岛收集来的信息来看，除了冲绳本岛南部之外，伊良部岛、石垣岛和波照间岛也曾使用水黄皮作绿肥。而从奄美大岛到冲绳本岛的北部，以及久米岛则是用苏铁（*Cycas revoluta*）的叶子作为绿肥。老人们说，那时候把带尖刺的苏铁叶踏到土里是小孩子们的工作，孩子们的脚常常被苏铁的叶子刺到，所以孩子们很讨厌放学回家。

以奄美大岛为中心的区域把苏铁叶用作绿肥，最盛行这种方法的时期是萨摩藩[1]入侵琉球王府之后。萨摩藩占领奄美大岛后，强制当地农户改种甘蔗。人们日常缺乏食物，于是开始吃苏铁，可能只是顺便把苏铁叶当成了绿肥。苏铁的果实和树干中含有大量的淀粉，但同时含有毒成分，要吃它必须有高超的处理技术。据老人们说，那个时候几乎每天都会用到苏铁淀粉，它是相当重要的食物。那时几乎可以把苏铁称为栽培植物，到处都种着苏铁。含有毒性成分的苏铁被广泛栽培利用的这一事实也反映了当时发达的苏铁文化，甚至还从其中衍生出了将苏铁叶作为绿肥的利用方法。苏铁与能够将空气中的氮素固定的微生物有着共生关系，因此叶子里的氮素含量也很高。

听了这么多故事，仅仅是关于苏铁的使用途径，是否用它的叶子作绿肥、是否用它的枯叶代替柴火、是否利用它的淀粉，等等，在琉球列岛的不同岛上都不尽相同。

---

1. 萨摩藩：正式名称为鹿儿岛藩，为日本江户时代的藩属地，位于九州西南部。

　　每个岛屿或村落使用真菌的途径也各不相同。地处南面的岛屿一般很少食用野生真菌。不同岛屿上食用的真菌种类也不一样。比如说，毛木耳（*Auricularia polytricha*）在很多岛上被岛民利用，但在琉球列岛的久米岛，当地人会专门食用被称为"Kironaba"的鸡油菌（*Cantharellus cibarius*），而波照间岛的人据说会食用一种被当地人叫作"Kouzumin"的菌子，我觉得应该是裂褶菌（*Schizophyllum commune*）吧。遗憾的是，我时常听到老人们说，随着乡下环境的变化，曾经被人们广泛食用的真菌现在已经没有了。因此，以前的人们食用的具体是哪个种类的真菌，有时单靠道听途说很难判断。

　　用哪种植物喂山羊、用哪种植物作柴火……每一个问题的答案在不同的岛屿或村落中都各不相同。背靠大山的奄美大岛并不缺柴火，而背后同样靠着山的石垣岛的老人们告诉我，柴火也有容易燃烧和不容易燃烧之分。生木状态下就能烧着的山榄（*Planchonella obovata*），在阴雨连绵的条件下需要举行法事或婚礼的时候可谓相当重要的木材，而被当地人称为"山番人"的亮叶猴耳环（*Archidendron lucidum*），因为不容易燃烧所以很少被砍伐。在由石灰岩构成的池间岛，靠近海边生长的露兜树干枯的叶子是当地唯一的柴火来源。我还听有的学生说，同样由石灰岩构成的波照间岛地形平缓，没有山，因此参加修学旅行时，亲自背了要用的柴火过去（根据他们提到的重量，估计选择的是血桐 [*Macaranga tanarius*]）。

　　我现在正在调查，人们用含有被称为"鱼毒"成分的有毒植物渔猎时，究竟使用的是哪种植物，这些纤维是从哪些植物中获取的，这些植物生长在哪里等。用"鱼毒"来捕鱼的方法拥有非常古老的历史，曾在包括日本本岛在内的许多地方出现过。本岛主要用到的植物有日本花椒（*Zanthoxylum piperitum*），另外还有胡桃（*Juglans* spp.）和野茉莉（*Styrax japonica*）的果实等。与老人们交谈可知，在由北边的屋久岛、种子岛一直到南边的与那国岛、波照间岛组成的琉球列岛中，屋久岛和种子岛会用野茉莉和台湾醉鱼草（*Buddleja curviflora*）制作"鱼毒"，这些材料在本岛也会使用。奄美大岛和冲绳本岛会经常用到欧洲琉璃繁缕（*Anagallis foemina*）和木荷[1]（*Schima superba*）。石垣岛则用五列木科[2]的厚皮香（*Ternstroemia gymnanthera*）来代替山茶科的木荷。通过我自己收集的信息，再结合文献资料得知，单在琉球列岛就有 28 种植物被作为"鱼毒"原料使用。而且，不同的岛屿或村落使用的植物种类或方法也不尽相同。现在，我正在思考这些不同的鱼毒植物种类与乡村周边的环境之间，有着怎样的对应关系。

不管哪个故事都能告诉我们，以前冲绳的每个小岛上都有着丰富多样的里山环境。冲绳的里山，也是人们结合土地和周边的自然环境，长年累月创造出来的。里山不仅作为"身边的自然"存在，还可以让我们追溯到很久以前。从这一层面看，

---

1. 木荷：原文"イジュ"是指琉球木荷（*Schima liukiuensis*），现被作为木荷（*Schima superba*）的同物异名。
2. 五列木科：原文为山茶科（ツバキ科），但分子研究表明，传统上归于山茶科的厚皮香亚科，实际上与五列木属关系更近。因此，虽然厚皮香亚科一度独立为厚皮香科（Ternstroemiaceae），但从 APG III 系统开始，根据合并小科的原则，厚皮香科即被并入五列木科。

它又包含"远方的自然"的要素。

冲绳每个小岛上曾经可以被称为里山的自然环境，如今早已面目全非，只存在于老人们的记忆中。倾听老人们的叙述，不断地记录、比较，我试图去复原冲绳里山原有的面貌，因此才把这些听来的故事，以能被所有人看到的形式记录下来。

我把从老爷爷老奶奶那里听来的里山曾经的样子，还有岛民对植物的利用，在珊瑚舍学校的课堂上讲给学生们，但所有学生都满脸不解。于是我又掰开了揉碎了给他们解释，最后不得不直接说：曾经的山野就像我们现在身边的便利店一样。学生们总算点了点头，感叹道："啊，是这样子啊！"

毋庸置疑的是，里山就是"身边的自然"的代表，却也变成了如今难以接触到的"远方的自然"。

里山，是人类与自然长期相处过程中所形成的。然而现在，我们只能通过便利店来联想它的存在。

让我们进一步去追寻"远方的自然"和"身边的自然"两者的关系吧。

第 6 章

远方的自然和身边的自然

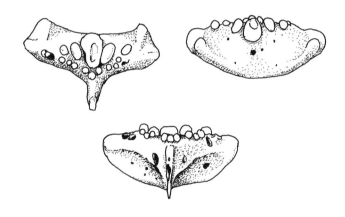

在海边捡到的未知牙齿

"树精灵的假牙"

木鱼花是树皮吗？

"远方的自然"和"身边的自然"总是相对存在的。不知不觉间，"身边的自然"就变成了"远方的自然"。

"远方的自然"所包含的要素之一，便是长远尺度上的时间。

我不断地在远方与身边的自然这两者之间徘徊、摸索。在这里，我想介绍一下其中的一个例子：探究鱼的骨骼。

在第2章中，我写到为了唤醒总是在课堂上睡觉的学生而发明的3K法则。吃，便是其中之一。

我一直在积极地把各种能吃的东西带到课堂中。因为调动各种感官体验的教学方式，很容易让学生们产生切身的真实感受。无论时代如何发展，人类终究是一种动物，动物最基本的定义就是要靠吃别的生物为生。所以我在想，通过吃东西这一行为，或许能引导学生们重新认识到自己也是生物。

在大学的研讨课上，我给学生们布置了一个作业："从今天开始，把你们每一餐吃的东西记录下来。我想看看你们每顿饭中都有什么植物。"

第二周，我把收集的结果公布了出来。

有一条记录是"午饭：糖果"。糖的原料是甘蔗。

还有一条记录是"午餐，冲绳荞麦面"。

冲绳的荞麦面和日本本岛的荞麦面不同，原材料用的并不是荞麦，而是小麦。另外，高汤里面肯定也会用到植物，于是我试着追问学生。高汤的配料里通常有酱油，最开始我以为学生会写上酿造酱油的原料大豆。出乎意料的是，学生给我的答案是木鱼花。她解释道："您说收集食物中的植物原材料，我就想木鱼花或许就是树皮吧。"这个回答实在让我无语。当然，她的回答也可以理解，毕竟，这些小孩子不知道木鱼花的原料是鲣鱼（*Katsuwonus pelamis*）也很正常，连我自己也是这样，直到现在也没人教过我这些知识。其实想想也是，他们在厨房里看到的很可能都不是木鱼花，而是高汤风味调味料吧。

现在，我们已经身处一个即便不知道自己吃的东西由什么而来也无所谓的时代。

那么，我自己对每天的食物来源，又有多少关注呢？想到这里，我决定尝试开展一项新的计划，并将其命名为：餐桌上的骨头企划。

在我们日常的餐桌上，除了植物，还有很多肉类，但我们常常忽略它们原本就源于动物。毕竟我们平常都是去超市买已经切好的肉块或加工后的食物。如果把一年中所有出现在餐桌上的骨头收集起来，是不是就能对每天吃到嘴里的那些肉产生新的认识呢？

早餐的餐桌上并没有骨头。午餐的盒饭中有少量的鲑鱼骨头。晚饭通常会有很多肉，但基本上全是被处理过的精肉，也见不到骨头。

　　我就这样每天记录着。可我逐渐发觉自己根本碰不见什么骨头，一点儿意思也没有。于是我开始自己买整条鱼回来料理，把吃剩下的骨头收集起来。冲绳四周被大海环绕，在这里可以买到许多种类的鱼：有生活在珊瑚礁里的，有大洋性的，还有许多在日本本岛很难见到的种类。从吃鱼到收集骨头，除了关注餐桌上的这些骨头之外，我对鱼本身也产生了浓厚的兴趣。

　　这一年下来，吃饭的次数一共是 1 091 次，其中有 632 次都有肉。这其中骨头又出现了 127 次，只占到总数的 11.6%，就算我有意识地去吃了很多鱼也不过如此。我们平常吃到的肉基本全是已经去掉骨头的。不过，即便如此，从餐桌上收集起来的骨头也能装满一小纸箱呢，这就是我的贝冢。

　　在自由之森学园，出于开发教材的需要，我开始制作骨骼标本。但是，正是由于我制作骨骼标本是为了开发教材，所以并没有想过要在标本制作的技术上精益求精，也没有想过收集比较珍稀的动物骨骼标本。因为我的目标是从身边的骨头开始探索，从日常生活中收集骨头。

树精灵的假牙

　　和在餐桌上探索骨头一样，在海边散落的骨头也让我发现："原来这样的地方都有骨头。"我进而对骨头产生了兴趣。自从在自由之森学园开始制作骨骼标本以后，我就时常到海边去寻找骨头。在那里可以捡到一些只能在海边才能见到的骨头，比如鲸或者海龟的尸骨。另外，在海边找到的骨头很多已经被海水冲洗得很干净，所以大多数情况下不需要再做处理。但同时，被海浪打上来的骨头很多都是零散的，甚至是碎片状态的，这样就很难判断骨头到底是哪种动物的。因此在海边收集骨头既有方便之处，也有麻烦的地方。

有一天，铃木雅子来到了大学。她以冲绳本岛北部为中心开展了"关注最北限的儒艮"的主题活动。琉球列岛周围的大海中生活着儒艮（海牛目），明治时期以后的滥捕滥杀导致八重山周围的种群已经灭绝。冲绳本岛北部作为儒艮最后的栖息地，却因普天间基地[1]搬家为名头（实际上是为扩大基地职能而开展新的基地建设）在边野古[2]建造大型基地的计划而受到威胁。铃木开展的活动主要通过收集调查资料，研究在目前的状况下，儒艮的栖息地有什么变化，并开展保护工作。到海岸边收集材料也是调查的一部分工作，这样或许也有机会捡到儒艮的骨头。见到的骨头既可能是近段时间死亡的，也可能是从其他遗迹中冲过来的。无论如何，能够捡到儒艮的骨头，都能成为相当重要的资料。

但是，收集过程中也会见到一些不清楚是什么动物的骨头。

"这是什么骨头？我确定它肯定不是儒艮的，那会是什么动

---

1. 普天间基地：全称为普天间海军陆战队航空基地（Marine Corps Air Station Futenma），是位于日本冲绳县宜野湾市的一座美国海军陆战队航空基地，通称普天间基地。
2. 边野古：位于冲绳本岛北部城市名护市。

物的呢，好像是个头骨？"

之前，铃木带着这样的疑问找到了我。当时她手上拿的是一块鸵鸟的胸骨。大型鸟类的胸骨从外表看就像一个头盔，特别是像鸵鸟这种不会飞的大型鸟类，它的胸骨上并没有用来附着胸肌的龙骨突，完全就是头盔的样子。再加上上面排列着很多连接肋骨的凹槽，看起来就像是头骨上的齿槽，因此才被误认为"头骨"。幸好我之前对鸵鸟的骨头有过了解，一眼便认了出来。不过，鸵鸟的骨头为什么会落在冲绳的海边？因为冲绳本岛有鸵鸟养殖场。虽然鸵鸟不会飞，但它们的骨头和其他鸟类一样，中间是中空的，非常轻。这块骨头很可能是从远离海岸的养殖场被水冲到海边的。

这一次，铃木又捡到了一块新的骨头。这块骨头她仍然能一眼确定不是儒艮的，但也不知道是什么动物的。有意思的是，铃木还给这个未知的骨头起了个绰号——树精灵（Kijimuna）的假牙[1]。树精灵是冲绳地区传说中的一种妖怪，它生活在老榕树上，最喜欢鱼的眼珠子。这块骨头确实挺神秘的，就像个假牙。假牙排列在塑料的义齿基托上，而这块骨头也像厚厚的基座一样，上面还排列了牙齿，牙尖比较平。铃木真是给它起了个形象的名字。相当于义齿基托的这个基座形的骨头，长 38 毫米。如果这真是传说中的树精灵，那它意外地还是个小脸妖怪。

不过，这个所谓的树精灵的假牙，我很快断定它是鱼类的咽喉齿。

---

1. 第 129 页。

　　我简单地解释一下何谓咽喉齿。

　　脊椎动物的祖先没有颌。现生的圆口纲七鳃鳗就是很原始的鱼类，也没有上下颌。那么，包括我们人类在内的其他脊椎动物的上下颌是怎么演变过来的呢？

　　将我们双手的拇指贴在一起，其他的手指指尖左右贴合，是不是就形成了一个球形？这个时候拇指一边是在上面的，这样就用我们的双手模拟了一个颌的模型。当食指一侧向着球心，即向着手掌内侧伸的时候，相当于嘴巴闭合，还原时就是嘴张开的状态。也就是说，颌由上下左右四个部分（左右分别对应为上颌和下颌）组成。对鱼类来说，颌原本是用来支撑鳃部的骨骼。七鳃鳗又叫八目鳗，名字源于它们眼睛后面的 7 个小孔。排列着的这些小孔称为鳃孔。它的眼睛后面一共排列着 6 对鳃，每对鳃前后各有一个对应的鳃孔来排水。这就相当于刚才我们用手模拟的、一共由 6 双这样的手并在一起排列起来的状态。在这之中，支撑最前面那排鳃的骨骼，向头的端部移动，用于捕食的就是颌。这种每个鳃都对应着鳃孔的排列方式，在鲨鱼这样的软骨鱼中也传了下来。最终演化到硬骨鱼身上，鳃形成了一个整体，并被一整块鳃盖覆盖。在这些形成一整个鳃的最后一对鳃弓特化形成的咽骨上，着生着用来咀嚼的咽喉齿。原本颌和鳃就有着共同的历史，也就很容易理解为什么最后面的鳃的骨骼上会有发达的齿。不同类群的鱼的咽喉齿发达程度不同，像第 1 章中略微提到过的，淡水鱼中鲤科鱼类的咽喉齿就特别发达。

　　虽然树精灵的假牙实际上是鱼类的咽喉齿，但从外形看明显与鲤科的不同。鳃的骨骼和颌一样，原本也是由上下左右四个部分构成。但这个咽喉齿下面的左右两块愈合成了一个整体，更加坚固。虽然说通过咽喉齿的形态可以确定是属于哪一大类的鱼，但由于我的知识量有限，无法确认这是哪种鱼的咽喉齿。

骨骼可以映射出生物的历史和生活。

因此，骨骼非常有趣。

我们学会读取骨骼中所包含的历史或生活后，也就觉得骨骼不是那么让人恶心讨厌的东西了，实际上它真的很有意思。

但是，生物的本质是多种多样的，这就是生物的多样性。即便树精灵的假牙的外形透露出它是一种鱼类的咽喉齿，但深究它是何种鱼类就是另一个问题了。

市场上的鱼

后来，我并没有继续去查明树精灵到底是哪种鱼的咽喉齿，直到数年后才有了新的进展。我那时正在奄美大岛开展野外调查，在旅馆里看到一本书，打开后，里面的照片突然让我想起了树精灵的假牙。这是一位垂钓爱好者自费出版的一本书，里面介绍了自己钓过的一些鱼的种类。那张像树精灵的鱼的照片上标着红喉盔鱼（*Coris aygula*）。我怕忘记，就随手把它记在了笔记本上（不过后来我还是忘记记在哪个本子上了，想了好半天才想起来）。

那之后又过了一段时间。

　　大学里的学生万尾也对骨头很有兴趣，于是我们交流了一下。

　　哺乳动物的头骨只要煮一煮就能清理出来，不需要什么复杂的技术，因为大多数骨头愈合成了一个整体。但鱼的头骨分成了数个小骨头，煮的时候稍不注意就会四散分离，没法再组装回去。万尾正好掌握了制作鱼头骨标本的技术。那时我已经开始了自己的"餐桌上的骨头企划"，也多少学习了一些鱼类知识，但我对鱼类还不是太了解，因此我就和万尾围绕红喉盔鱼的咽喉齿的问题交流了一下。

　　万尾除了会去市场上寻找有趣的鱼，还会亲自下海潜水捉鱼。我听他说，他几乎每天都会去市场，这着实让我很吃惊。从我家里步行半个小时才能走到挨着那霸渔港的一家市场，我也曾多次到那个市场去找鱼。那霸市区的普通超市中贩卖的种类很有限，除了来自近海的金枪鱼，就是本土的秋刀鱼或智利产的三文鱼了。但是挨着渔港的这家市场，不同季节有从珊瑚礁中捕捞上来的各种颜色的鱼，简直就像水族馆。但这里和水族馆不同的是，你只要花了钱就能把你想要的鱼带回家。不过，我并没有想过每天都去一次市场。

　　万尾跟我说："每天去市场，见到的鱼都不一样。除了季节原因，海况不好的时候渔民们也很难抓到鱼，这种时候能在市场上看到一些平时看不到的种类。"

　　看来，大自然并不会顺着我们的意愿来。季节或海况不同，市场上会出现不同种类的鱼。那么，市场上有没有卖红喉盔鱼呢？

万尾说："也会有哦。不过，红喉盔鱼的肉有一股特别的臭味，好像只有一些上了年纪的老人会喜欢这种味道。所以平时这种不太受欢迎的鱼很难在市场上见到，只有天气不好时才会把这种鱼拿出来卖。"

跟万尾的交流让我再次意识到，就算生活在城市中，也有很多种与自然接触的方法。

树精灵的原形

我开始像万尾一样，试着每天都去市场看一看。不到半年的工夫，我就亲身感受到了他之前跟我讲过的那些经历，每次去之前都没法预判今天会看到什么样的鱼。我开始关注隆头鱼。隆头鱼科是珊瑚礁鱼类中最具代表性的类群之一，主要生活在热带海域。全世界已知 453[1] 种，其中体形最大的是体长达 2 米的波纹唇鱼（*Cheilinus undulatus*）。

虽然最终并没有真的每天都去市场，但半年时间里我一共去了 33 次，并把所有的数据统计了一下。

隆头鱼中，在冲绳被叫作"Makubu"的邵氏猪齿鱼（*Choerodon shoenleinii*）是一种高级食材，在市场上相对比较常见。而其他的隆头鱼类由于多数价格低廉，感觉都是顺便拿来卖的，所以种类经常发生变化。在去市场的 33 次记录中，一共有 22 次见到了隆头鱼，每次的种类都不一样，根据我的

---

1. 隆头鱼科：根据 FishBase，最新数据为 549 种。Ed. Ranier Froese and Daniel Pauly. January 2019 version. N.p.: FishBase, 2019.

统计结果，除了邵氏猪齿鱼外，还有大黄斑普提鱼（*Bodianus perditio*）、粗猪齿鱼（*Choerodon robustus*）、双带普提鱼（*Bodianus bilunulatus*）、鞍斑猪齿鱼（*Choerodon anchorago*）、红喉盔鱼、蓝猪齿鱼（*Choerodon azurio*）、横带厚唇鱼（*Hemigymnus fasciatus*）、双线尖唇鱼（*Oxycheilinus digramma*）、单带尖唇鱼（*Oxycheilinus unifasciatus*）、斜带普提鱼（*Bodianus loxozonus*）、孔雀颈鳍鱼（*Iniistius pavo*）、狭带细鳞盔鱼（*Hologymnosus doliatus*）和短颈鳍鱼（*Iniistius aneitensis*）等共计 14 种，如果算上不能食用、只是观赏展示的体色艳丽的胸斑锦鱼（*Thalassoma lutescens*），那就一共 15 种。另外，虽然我没有直接在市场上见到，但这期间万尾在市场上还购买到了波纹唇鱼，这样总计就达到了 16 种。由此可知，光是在市场上就能见到这么多种类的隆头鱼。不过，我去了这么多次市场，只见到了一次红喉盔鱼，也就是树精灵的真身。

　　我把这些见到的隆头鱼从市场上买回来，带到学校解剖。同样，我还是先把它们整体画下来，然后把头切下来用水煮，把肉剔除，再放进混合了假牙清洁剂的水中浸泡，最后就得到了零散的骨骼标本。

　　最终，我确定了那个树精灵，正是红喉盔鱼（图 6）的咽喉齿。

　　经过对比，即便同属隆头鱼科，不同种类的咽喉齿也多种多样。这个绰号为"树精灵的假牙"的红喉盔鱼，其咽喉齿是其中最结实的。这样结实的咽喉齿和它的食性有关。我把鱼头切下来，又把内脏取出（当然，剩下的鱼肉也不能浪费，被我带回家吃了），通过胃来调查它们都吃了什么。在隆头鱼类的胃中，最多的是一些底栖动物：例如贝类、螃蟹和虾等。红喉盔鱼的胃里有许多碎贝壳，由此我认为，它那结实的咽喉齿是用来咬碎这些坚硬的贝壳的。

虽然我小时候就很喜欢贝壳，可是要想鉴定出这些七零八落的贝壳的种类，还是很困难。因此我向千叶县立中央博物馆的贝类专家黑住耐二先生请教，得到的回复是这其中有日本结螺（*Morula japonica*）、蛇纹结螺（*Maculotriton serriale*）、岛栖蟹守螺（*Cerithium nesioticum*）和缩麦螺（*Euplica varians*）。

树精灵是冲绳地区传说中的妖怪。这个名叫"树精灵的假牙"的咽喉齿，它的真身就这样逐渐在我的面前揭开了面纱。

贝冢中的牙齿

自然就是这样，不断向你投来它神秘的一面。

找到了树精灵的真身，我又翻出以前捡到的另一个咽喉齿，开始鉴定它的种类。这个咽喉齿呈 T 字形，和树精灵一样，下侧的左右两块愈合为一个整体。T 字形横着的那部分长度大约 75 毫米，和红喉盔鱼相比，应该是一种大型鱼类的咽喉齿。咀嚼面比较平，表面有一些颗粒状的小齿，就像贴了一层瓷砖。但整体看起来还是很像树精灵，也就是红喉盔鱼的咽喉齿，但我觉得这至少是一种大型隆头鱼科的咽喉齿。

这块谜一样的咽喉齿，是从西表岛的贝冢遗迹中冲刷出来的。靠近海边的贝冢经常受到波浪的冲刷，地层中包含的贝壳、骨头之类的就会被冲散到周围的海岸上。另外，贝冢中找到的骨头通常都是野猪的，也有牛骨，反映出那个时代已经有了家畜。在八重山的历史中，从13世纪左右开始一直到16世纪左右的这段时间被称为御城时代[1]。这个时代的特点是，以稻作和旱田为主的农耕社会开始形成，人们开始使用一种名为"外耳土器"的陶器。我在考古方面就是个小白，土坡上散落的陶器中，或许也有"外耳土器"的碎片。由此可知，我找到咽喉齿的贝冢，或许就是御城时代的产物。

关于这一时期的八重山，有很多珍贵的记录。关于朝鲜王朝的《体验谈》中曾记载：有三名济州岛[2]出身的人从朝鲜半岛的海面一直漂到了与那国岛，然后他们又被送到了冲绳本岛，之后又被送回故乡。这是1479年时的事情，这些漂流者对西表岛当时的一些见闻记录如下。

岛上种着水稻和小米，但小米的种植面积只有水稻的三分之一。人们饲养着牛、鸡、猫和狗，但人们只吃牛，不吃鸡。山里有野猪，岛民会拿着矛带着狗去猎野猪。山里还有很多木材，会被输送到其他岛上。还有巨大的日本薯蓣（*Dioscorea japonica*）。

确实，我在贝冢中见到了骨头，但都是牛骨，印象中没有见过鸡骨头。另外，我还在贝冢中发现过海龟的龟甲以及鲨鱼

---

1. 御城时代：又称城时代，是琉球群岛历史的一个时代，在奄美群岛和冲绳群岛历史上位于"贝冢时代"之后，在宫古群岛和八重山群岛历史上位于"先史时代"之后。御城时代因这一时代考古学发掘出不少有代表性的御城而得名，之前的历史学家把这一时代称为按司时代。
2. 济州岛：韩国最大岛屿，位于韩国西南海域。

的脊椎（也找到过鼬鲨［*Galeocerdo cuvier*］的牙齿），虽然并不太常见。

另外，我还找到过儒艮的骨骼。

对我来说，儒艮仿佛象征着"远方的自然"。儒艮的骨骼很致密，和其他动物的骨骼的手感完全不一样，哪怕只是一个碎片，只要拿在手中，我就能分辨出来。所以我在海边只要捡到手感特别重的骨头，就特别激动。我找到的儒艮骨头大多是肋骨的断片，还有颈椎或头骨的碎片以及肱骨。我之所以会被那块神秘的咽喉齿吸引，另一个原因就是我在这个贝冢中也曾找到过儒艮的骨头。

最初我怀疑过，这个咽喉齿会不会就是隆头鱼中最大的种类波纹唇鱼的？于是我找到万尾，去看他制作的一具波纹唇鱼的骨骼标本。很遗憾，和预想的不同，我捡的这块咽喉齿和波纹唇鱼的咽喉齿形状不一样。波纹唇鱼咽喉齿的咀嚼面没有像贴满瓷砖的颗粒状的扁平小齿，而是散布着一些半球状的小齿。

那么，除了波纹唇鱼，有没有别的鱼类也有这样大的咽喉齿呢？

我决定向大江文雄先生请教。大江文雄先生是鱼类耳石的研究者，对鱼类整体的骨骼非常熟悉。根据形状对比，大江先生在给我的回信中评论道：这可能是黄金突额隆头鱼（*Semicossyphus reticulatus*）。另外他还给我寄了一块他自己收藏的黄金突额隆头鱼的咽喉齿标本。经过对比，我觉得两者基本一致。

可是，我并没有在冲绳的市场上见到黄金突额隆头鱼，万尾也说自己没有在冲绳见到过。图鉴资料显示，黄金突额隆头鱼主要分布在日本茨城县和佐渡[1]以南、朝鲜半岛以及南中国海，所以西表岛周边如果有分布也很正常，但至今都没有听谁说过在冲绳的近海见过黄金突额隆头鱼。

另外，我去西表岛时还捡到过和这个一样的咽喉齿。既然不是偶然一例，那么这里就应该有捕获过这种鱼的记录。现在，西表岛的近海是否还有黄金突额隆头鱼？如果过去曾经有，现在没有了的话，那又是为什么？这个谜至今还没法解开。

神之鱼

实际上，那块被认为有可能是黄金突额隆头鱼的咽喉齿，我起初有段时间考虑过可能是驼峰大鹦嘴鱼（*Bolbometopon muricatum*）的，这也算是一段小小的插曲。

发生这个小插曲是我还在寻找树精灵的真身时，无意间在笔记本上记下了红喉盔鱼的名字，但后来忘记到底记在哪个笔记本上了。一时半会儿找不到笔记本，我就凭模糊的记忆把红喉盔鱼和驼峰大鹦嘴鱼的名字搞混[2]了。我和万尾交谈时才意识到自己把这两种鱼的名字搞混了，我把咽喉齿拿出来后，确定了它是红喉盔鱼的。但是，也算是歪打正着，我因此记住了驼峰大鹦嘴鱼这个名字。

---

1. 位于新潟县。——译者注
2. 这里指的是日文名混淆。红喉盔鱼的日文名为カンムリベラ，驼峰大鹦嘴鱼的日文名为カンムリベダイ。——译者注

　　鹦嘴鱼科和隆头鱼科的关系很近，咽喉齿同样很发达。驼峰大鹦嘴鱼是鹦嘴鱼科中体形最大的种类，所以那时我才怀疑从贝冢中找到的那个神秘的咽喉齿会不会是驼峰大鹦嘴鱼的。

　　驼峰大鹦嘴鱼是鹦嘴鱼科大鹦嘴鱼属中唯一的一种，载入记录的是在印度尼西亚爪哇岛发现的个体。驼峰大鹦嘴鱼广泛分布于八重山群岛以南的印度-太平洋海域。文献记载它最大可以长到 130 厘米，体重 46 千克。在日本，驼峰大鹦嘴鱼主要在水深 1 米至 15 米左右的浅水珊瑚礁附近活动，晚上会到礁湖的洞穴内睡觉休息。世界上驼峰大鹦嘴鱼群密度最高的地方是澳大利亚的大堡礁，1 平方千米可以达到 3.05 只。驼峰大鹦嘴鱼就像一台挖掘机，以各种底栖生物为食，如珊瑚、藻类还有各种小型的无脊椎动物。其中，它的食物中超过 50% 都是活珊瑚。据说，每只驼峰大鹦嘴鱼每年可以吃掉超过 5 吨珊瑚，对珊瑚礁的生态系统有很大的影响。驼峰大鹦嘴鱼在自然界中的死亡率据说很低，但它们在很多地方都面临着渔获的危险。

　　我之所以会关注到驼峰大鹦嘴鱼的咽喉齿，实际上与这种鱼在西表岛被视为神鱼有关。有着神鱼之称的驼峰大鹦嘴鱼让我想到，或许它们的身上也有和"远方的自然"相关的东西。

　　在西表岛的祖纳[1]，以前的人们把驼峰大鹦嘴鱼叫作"Guza"，会专门渔猎这种鱼。

　　驼峰大鹦嘴鱼在满潮时会通过礁盘的缺口[2]进到礁盘内觅

---

1. 祖纳：位于西表岛西北部，现属于冲绳县八重山郡竹富町的旧称。
2. 珊瑚礁中间断开的缺口，下称礁门。——译者注

食。它们是体重可以长到数十千克的大型鱼，而且喜爱集群活动。

以前在西表岛，人们会用一种特殊的方法捕捉驼峰大鹦嘴鱼。到底有多特殊呢？我简单给大家介绍一下。这种方法就是三艘船一起出发，找到驼峰大鹦嘴鱼的鱼群后，渔民的首领会脱下笠帽，这是对神鱼的一种礼仪。之后便向鱼群撒网，将鱼群困在网内，人们纷纷跳入海中，每两人抓住一条鱼搬到船上。人们会施一种巫术：捕鱼的时候，有一位渔民躺在一艘船的底部，不能有任何动静，而且差不多要在船底装睡 2 个小时左右。他们相信这样做，驼峰大鹦嘴鱼便不会反抗，能很轻松地将它抓上来。这种不可思议的渔猎方式，以前真实存在过。

驼峰大鹦嘴鱼为什么被当地人视为神鱼呢？

体形算一方面，另外它们还有随着潮起潮落、通过礁门在礁盘内或外海来回移动的生活习性，这或许就是它们被视为神鱼的理由吧。

礁门对人类来说就是船出入的通道。除此之外，海面上的漂浮物也会通过礁门被潮水带到岛上来。这些漂浮物又从何而来呢？说不定，发送这些漂浮物的主人就在遥远的地方吧。古代的冲绳人就是这样认为的。

在久高岛，有一个被称为"五谷"的礁门。关于这个"五谷"的起源，不同的民族和地区有不同的解释。在久高岛流传着这样一个传说：一个装着五谷的葫芦从外海通过礁门漂到久高岛的海滩上。那么，这个"五谷"到底从哪里来，又是如何来到这里的呢？有人认为是另一个世界的神，把这些五谷通过礁门送到了我们这个世界。在冲绳有这样一种说法：从外海经过礁门到达礁盘内的东西，是神的使者或神的馈赠。

除此之外，儒艮也会通过礁门往来于礁盘内外。在西表岛，还有一个被称为"儒艮"的礁门。当地人把儒艮称为"Zan（Jan）"，有人认为是从"Sainoio"音变来的。"Sai"指的是礁盘上白色的浪花。以前，外海对冲绳人来说就是另一个世界，人们相信它可以与彼界[1]相互连通。儒艮就是在与异世界相接的外海，和作为人类"身边的自然"的珊瑚礁相互往来的生物。自贝冢时代以来，儒艮便成为人们的猎捕对象，但也让人们感到恐惧，因为儒艮被认为是神的使者。八重山还流传着儒艮能预报海啸的传说。和儒艮一样，出入于礁门的驼峰大鹦嘴鱼也被认为是受到了异世界神的旨意，才来到了这里。

在港口附近的市场中，我也见到了摆成一排的驼峰大鹦嘴鱼，体形确实很大。见到这种被视为神鱼的驼峰大鹦嘴鱼与冰块儿一起摆在不锈钢的水槽中，多少还是让人觉得有点儿违和感。

标价 15 000 日元（约合 900 元人民币）一条。我想了一下，虽然有点儿犹豫不决，但还是买了一整条回来。肉被我吃掉了（吃了一个月才吃光），留下了头骨。它的咽喉齿与我从贝冢捡回来的那个，还有红喉盔鱼的完全不是一个形状。驼峰大鹦嘴鱼的咽喉齿虽然和其他鹦嘴鱼的差不多，但咀嚼面上排列的是整齐的鳞状小齿。

---

1. 彼界：奄美、冲绳地方信奉的一方乐土，传说在大海的彼岸或海底、地下，每年有神仙降临，保佑五谷丰登。

看来，贝冢那颗谜一样的咽喉齿也不是驼峰大鹦嘴鱼的。不过，在关于隆头鹦嘴鱼的各种调查中我开始想：下一次在西表岛的贝冢中，会不会冲出驼峰大鹦嘴鱼的咽喉齿呢？

不过，目前我还没有在贝冢的海边捡到过它的骨头。

人们到底从什么时候开始把儒艮视为神的使者？又到底从何时开始，为了捕捉驼峰大鹦嘴鱼而用到那样不可思议的方式？

无论什么生物，它们的历史都可以追溯到地球生命诞生之日。这么看的话，所有生物都会包含作为"远方的自然"的要素。这样说来，问题并不在于我们见到了什么样的生物，而是从那个生物中发现了什么。

这里，与那里。

现在，与过去。

身边的自然与远方的自然。

我在偶然间得到的那块鱼骨中，往来于两者之间。

第 7 章

通向异世界的大门

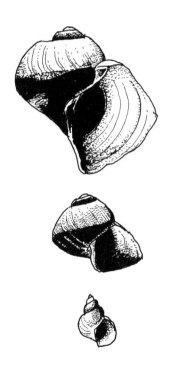

外海表层浮游生活的贝类

上：琉璃紫螺（*Janthina globosa*）

中：紫螺（*Janthina janthina*）

下：淡黄紫螺（*Recluzia lutea*）

贝币

　　我日常都生活在市区，由于每天都有课程或会议，所以基本每天去学校。沉浸在这样的现代社会、每天都在和时间赛跑的日常生活中，偶尔我也会注意到和日常处于不同时间轴的那个自然。在我们身边的事物中，隐藏着一扇通往异世界的大门。这一次，我就以贝壳为中心，给大家介绍一下这扇通往异世界的大门。

　　这一天是周六，我没有课，但还是去了学校。因为按照计划，这一天从早上开始我要观摩学生的试讲。前面我已经写到，平时听我讲课的那些学生，他们未来的目标是成为小学老师。所以到了5月，四年级的学生到外面参与教育实习，学校为了考察他们的授课能力，会召开模拟教学大会。每个学科的老师会被分配到7～8名学生，这一天的工作内容就是观摩他们的教学，并给出相应的评价。试讲的主要科目是语文和算术。因为我是理科教员，所以我担心自己的评价能否抓住重点。

　　学生们选择的授课内容各种各样，什么"公式""拼音"之类的。每个学生讲45分钟，我一边细心听着，一边记录。其他不上台的人在下面充当学生，活跃课堂气氛。从听课人的角度看，语文比算术有趣，因为不同授课老师的教学方法和内容有所不同，无形之中对课本主题的发散，也可以让学生产生新的想法或感悟。

有的学生选择讲"汉字的由来"，通过象形字、会意字等来解释汉字形成的过程，并通过身边常用的汉字结合这些观点进行分类。学生们讲课的内容比较明确，紧贴实际，也为不让下面听课的人觉得厌烦而下了一番功夫。但是，他们终归还是学生，多少还是会给人一种照本宣科的感觉。到了评论环节，我就授课内容中自己感兴趣的地方向他们提了几点问题。我在教科书中看到刚刚学生讲到的那一部分内容，学生以此为参考介绍了"与'金'相关的汉字"，如"铜、钱、料、贷"等字。

"以金为偏旁的汉字可以理解，可是为什么会有一个以米为偏旁的字呢？"

我在所有讲评的最后，又向学生们提了这样一个问题。

"以前，税金是用大米来缴纳的哟。"

学生们很快给出了答案。

"那么，以贝为偏旁的汉字也很多呀？"

"因为以前也把贝壳当钱来用呀。"

原来如此，学生知道贝壳以前被用作货币。

"那么，人们用什么贝壳当钱用呢？"

学生们顿时哑口无言。

"呃，夜光蝾螺？"

终于有了一个回答。不过，我并没有想到学生会回答出夜光蝾螺（*Turbo marmoratus*）这个名字。这是一种生活在南方海域的蝾螺科贝类。和其他蝾螺一样，人们也会食用夜光蝾螺。夜光蝾螺曾经是冲绳非常重要的物产，它的贝壳有着珍珠一样的光泽，是制作螺钿的重要材料，不过并不会被用来代替货币。

我和学生们交流后才知道，虽然他们知道用贝壳做货币这件事，但并不清楚到底用的哪种贝壳，这也是一种似懂非懂的状态。我在前面的内容中多次提过"似懂非懂"这个词，它正是我们因材施教的重点。长年过着教师生活的我不仅会在上课的时候带着这样的观点，观察自然的时候也一样。今天观摩不属于我专业科目的语文和算术的试讲课堂，也让我再次意识到了另一个似懂非懂的"常识"。

世界范围内很多地方能见到贝币，但不同地区使用的贝壳种类不一样。在汉字的起源地中国，作为贝币的是宝螺。宝螺的外形圆溜溜的，分类上属于宝螺科（Cypraeidae），它们不仅样子可爱，很多种类还有非常炫丽的花纹，非常受人们喜欢。单是在日本，宝螺科就有 88 种，世界范围内共有约 230 种。就算不是专门研究宝螺的专家，普通人在海边如果见到宝螺也肯定会捡起来，而且还有人专门收集宝螺。

我和宝螺有很多缘分。回想我成为一名理科老师的经历，可以一直追溯到我去离家很近的海边捡贝壳的时候。

少年时代的拾贝

我想，应该是小学二年级的时候吧，我的父亲带着我到离家很近的海边，那个时候我便注意到，海边有很多种贝壳。

有时候我会想，如果一生都很喜欢生物的话，会不会是一种病呢？不知道什么时候，在什么地点，就发病了。大多数人并没有被这种病缠身。对我来说，我就是在小学二年级的时候喜欢上了贝壳，并因此染上了这个被称为生物迷的病症。在那之后，只要一有空，我就会到海边收集被海浪冲上来的贝壳。如我前面所讲，我意识到海边散落的贝壳种类很多，而生物世界的本质就是它的多样性，我意识到，注意到这个多样性后，自己能否被其吸引，将成为是否会特别着迷于生物世界的关键。对于因为喜欢贝壳而踏入生物世界的我来说，宝螺就是一种特别的存在。

位于千叶县南面的馆山是我出生的故乡，也是我成长的地方。从菲律宾近海出发，沿琉球列岛、日本列岛北上的黑潮[1]，在房总半岛突然右转，向着遥远的太平洋奔去。所以，在馆山附近的海边，常常可以看到来自南方温暖海域的贝类。房总半岛受黑潮影响，不仅水温高，还有许多随着黑潮漂到这里的幼年贝类。这些来自南方的贝类在漂流过程中可以成长一段时间，但无法繁殖。冬天，它们会因为水温降低而死去，死后的贝壳就被冲到了海滩上。当然，小时候的我还不理解这些知识。

回到家，我就对着图鉴去鉴定捡回来的贝壳的种类。我常常拿着贝壳和图鉴中的照片比来比去，并阅读下面的文字描述。但面向小孩子的图鉴记载的种类毕竟有限，也没有专门写给小

---

1. 黑潮：又称日本暖流，是太平洋洋流的一环，为全球第二大洋流，居于墨西哥湾暖流之后。自菲律宾开始，穿过中国台湾东部海域，沿着日本往东北向流，与千岛寒流相遇后汇入东向的北太平洋洋流。

孩子看的专业图鉴。被海浪冲上来的这些贝壳，在我捡到之前已经被海浪不断拍打冲刷，再加上日晒，很多已经被损坏或被打磨得褪色，所以鉴定这些贝壳并不容易。即便如此，我还是认识了一些种类，并记住了如何区分它们。

我最常去捡贝壳的海边是馆山一个叫冲之岛的陆连岛 [1]，少年时代的我曾在那里捡到了 20 种宝螺，名字如下：

小眼宝螺（*Purpuradusta gracilis*）

寿司宝螺（*Palmadusta artuffeli*）

雪山宝螺（*Monetaria caputserpentis*）

初雪宝螺（*Naria miliaris*）

红花宝螺（*Naria helvola*）

玻芬宝螺（*Naria boivinii*）

腰斑宝螺（*Naria erosa*）

紫花宝螺（*Naria poraria*）

鸡皮宝螺（*Staphylaea limacina*）

玛瑙宝螺（*Erronea onyx*）

浮标宝螺（*Palmadusta asellus*）

金环宝螺（*Monetaria annulus*）

黄宝螺（*Monetaria moneta*）

梨皮宝螺（*Naria labrolineata*）

---

1. 陆连岛：指岛屿面向海岸陆地的地方，海浪冲击力较弱，泥沙较易堆积，形成沙洲，当堆积的泥沙将岛屿和海岸陆地相互连接时，就称这个和陆地相连的岛屿为陆连岛，连接这两者的沙洲则称为连岛沙洲，沿海或者湖泊近岸地带均可形成。

> 李氏宝螺（*Melicerona listeri*）
>
> 鲨皮宝螺（*Staphylaea staphylaea*）
>
> 紫口宝螺（*Lyncina carneola*）
>
> 箭头宝螺（*Palmadusta ziczac*）
>
> 银丝宝螺（*Palmadusta clandestina*）
>
> 白星宝螺（*Lyncina vitellus*）

　　这 20 种宝螺中，既有常见的，也有比较稀少的。像只有 2 厘米大小的小型种类：小眼宝螺和寿司宝螺。如果不论品相，这两种基本每次去都可以捡到。同样是 2 厘米大小的箭头宝螺，我整个少年时代只捡到过一次。

　　即使都是喜欢生物的人，每个人喜欢的生物种类也不尽相同。有的人喜欢鸟，有的人喜欢虫子。但无论喜欢什么样的生物，这些喜欢生物的人都有一个共同点，那就是都想看到那些难得一见的珍稀物种。我小时候也希望捡到稀有的贝壳。每每翻开图鉴，看到那些我还没见过的贝壳，心里就一直惦记着，以至于晚上钻进被窝睡觉之后，我还会梦见在冲之岛的海边捡到了一直心心念念的稀有贝壳。

作为原点的自然

　　虽说我梦见自己捡到了珍稀的贝壳，可是那时候我并没有想过为什么宝螺里面也会有"普通"和"稀少"之分。直到成年后，我才知道"普通"和"稀少"并非单单根据捡到的频率来判断。

　　这里有一份渡边政美的摸底调查报告，调查地点是房总半岛对面的三浦半岛的海边。

　　根据渡边先生的报告，把一年中在三浦半岛长浜海岸（约100 米）上收集到的所有宝螺进行分类鉴定和数量统计，在 206天内总计捡到宝螺 30 种，数量达 99 307 个。其中 87% 是小眼宝螺，寿司宝螺占到 9.1%，单这两种就占到了所有种类的96.1%。通过调查，渡边推断：小眼宝螺、寿司宝螺、玻芬宝螺、梨皮宝螺、雪山宝螺、银丝宝螺和白星宝螺等 7 种宝螺，可能是三浦半岛沿岸的固有种类。相反，剩余的 20 余种都是从南方漂来的幼体，并不是能在这里生长繁殖的种类。

　　即使通过这样一次非常彻底的调查，还是得出了"定居在三浦半岛沿岸的宝螺种类仍然很有限"这样一个让我十分吃惊的结果。但结合我自己之前的拾贝经历，这样的结果也可以理解。在这里面，有一种是我小时候无论如何也鉴定不出来的种类。那时候，因为没有在图鉴中找到对应的种类，我甚至怀疑过手上的贝壳是否不是宝螺科的，而是与它近似的海兔螺科。直到成年之后移居冲绳，我才弄清楚那只贝壳到底叫什么名字。

　　这颗我小时候捡到的谜一样的宝螺，在冲绳的近海相当常见，它叫货贝（ *Monetaria moneta* ）。货贝大约 2 厘米到 3 厘米长，新鲜的贝壳背面有着非常漂亮的黄色光泽。但是，为什么我小时候没能鉴定出如此常见的种类呢？因为我在冲之岛捡到的这个贝壳还是货贝的幼贝。货贝的形状近似圆形，从背面看，螺口像一条开裂的缝，周围有齿一样的突起。它活着的时候，这里就是身体内软体部分的出入口。虽然成年的宝螺与其他海螺有着完全不一样的外观，但它们小的时候与成体相差甚远，反而更近似普通海螺的外形。宝螺小的时候，螺口并非一条缝，而是与其他海螺一样有着一个比较宽阔的开口。而且幼贝与成体的花纹也完全不同。我在冲之岛捡的这只货贝，外形还没有变成成体那样的形状，颜色也并非黄色，因此我才没有办法鉴定出它的种类。此外，之所以只能捡到货贝的幼贝，是因为它们本身生活在南方，只是幼年时随着海流从南方漂到这里，但还没长大就死去了。

对小时候如此痴迷捡贝壳的我来说，那个时候我就知道宝螺曾被作为贝币使用（至于学生们到底了解到什么程度，直到那天我观摩了试讲课后才知道），不过那时我也并没有意识到人们用哪种宝螺来做贝币这个问题，直到最近才注意到。

差不多一个多月之前，千叶县立中央博物馆有一个以"贝类与人类的关系"为主题的特别展览——展览的是从世界遗迹中出土的贝壳。我回老家的时候也去看了这个展览。展览中有被称为"贝冢之贝"的那些被人类食用的贝类，还有从中国以前的古墓中出土的贝壳。不过，我并非因为对贝币感兴趣才去看这个展览，而是策划这次特别展览的贝类研究者黑住先生告诉了我有这样一个展览，我才去的。到了展览现场，黑住先生特意亲自给我讲解。黑住先生本身就是一名贝迷，他滔滔不绝地给我讲解着这些贝壳的故事。从他给我讲的那些故事中，我听到了关于调查中国贝币的内容，对柳田国男 [1] 的一些见解提出了反对意见。

日本著名的民俗学者柳田国男在他的著作《海上之路》（海上の道）中写道：直到秦始皇开始铸铜作为货币之前，宝螺在中国一直被视为珍宝，其中有两种宝螺带有黄色光泽，被称为 *Cypraea moneta* 的子安贝，是所有世俗愿望的中心。文中的 *Cypraea moneta* [2] 就是黄宝螺的学名。这个学名后面的 *moneta* 就是钱的意思，正好表现了这种宝螺被作为贝币使用的事实。另外，柳田先生还提出了一个观点，他认为中国那些被作为贝币使用的宝螺，或许就来自冲绳近海，特别是宫古岛附近。

但是黑住先生说，根据中国殷墟遗址出土的贝币调查显示，这其中数量最多的是货贝，另外还有卵形宝螺（*Erronea ovum*）、小眼宝螺及初雪宝螺等种类。在冲绳近海，小眼宝螺和初雪宝螺是比较少见的种类。而冲绳近海非常常见的雪山宝螺，基本没在殷墟遗址中见到。所以，黑住先生认为，这些被用作贝币的宝螺，并非来自冲绳。

研读了渡边先生对三浦半岛的宝螺的摸底调查报告后，我也试着把在冲绳海边捡到的宝螺，用极简单的方法统计了可见频率。

在冲绳本岛北部的海边，以每五分钟为一间隔，将见到的宝螺全部收集起来，统计结果如下：

---

1. 柳田国男（1875 年 7 月 31 日—1962 年 8 月 8 日），日本民俗学之父。
2. 现在黄宝螺的学名为 *Monetaria moneta*。——译者注

金环宝螺（*Monetaria annulus*）58 个

李氏宝螺（*Melicerona listeri*）20 个

小眼宝螺（*Purpuradusta gracilis*）4 个

肥熊宝螺（*Bistolida ursellus*）2 个

紫端宝螺（*Purpuradusta fimbriata*）2 个

阿拉伯宝螺（*Mauritia arabica*）1 个

爱龙宝螺（*Erronea errones*）1 个

雪山宝螺（*Monetaria caputserpentis*）1 个

鲨皮宝螺（*Staphylaea staphylaea*）1 个

银丝宝螺（*Palmadusta clandestina*）1 个

块斑宝螺（*Bistolida stolida*）? 1 个

这个结果和神奈川县三浦半岛的结果对比，小眼宝螺成了稀有的种类，寿司宝螺则根本没有见到。

我在讲评时，就回想起了这些关于贝币的故事，并向学生们介绍："虽然是语文课，但如果将这些故事也串联进去，就能与社会科学的课程联系在一起了。"

之后我在自己的课上向底下 60 名大学一年级学生提问："作为贝币的贝类都有哪些呢?"有 2 名学生答出了宝螺，看来并非所有人都不知道。不过，其余学生的答案里包含了很多种贝类的名字，诸如贻贝、花蚬、扇贝、鲍鱼、帘蛤、砗磲、魁蛤、文蛤、蝾螺等，不过这些贝类都只被作为食物。所以贝壳在学生们的认知中，一般只是"食物"。

我现在生活在小时候一直憧憬的冲绳。如果现在对小时候

的我悄悄地说"你将来会去冲绳生活"的话，不知道那时的我
会露出什么样的表情。不过，如果真的能说上话，或许我反而
会与当时沉迷捡贝壳的缘分疏远了吧。最近，我完全不会再做
小时候那样有关贝壳的梦了，那些原本已经记在脑海中的贝壳
的名字也早已忘光。机缘巧合的是，向学生提问以贝为偏旁的
汉字，让我又回忆起了这些往事，并重新开始思考贝壳的问题。

　　少年时代的我跟科学的调查或统计分析没什么缘分，那个
时候我只是一股脑地到海边捡贝壳，并满足于知道它们的名字，
但那时候的记忆仍然保留在我身体的最深处。我手边还有个纸
箱子，里面装着一些那个时候捡到的贝壳。这些小小的回忆和
这些贝壳，有时不经意间就会和什么事情联系到一起。在南房
总捡贝壳，就是我自然体验的原点。

漂浮于海面的贝类

　　我自己的自然体验始于拾贝。有的人倾注所有去采集生物，
有的人喜欢饲养，也有人专注于收集，比如我自己。

　　生物迷中，特别喜欢贝壳的被称为贝迷。这些贝迷很多也
像我一样，从小就在拾贝过程中逐渐陷入这个爱好。不过，虽
然我从小就开始捡贝壳，但最终并没有向着贝迷的方向继续发
展。一个小孩子，他的活动范围能有多大呢？我那会儿也只是
在冲之岛捡贝壳。所以我高中毕业的时候，那些在冲之岛能见
到的主要种类，都已经被我捡完了（当然，也并非所有），我对
贝壳的热情也就逐渐冷却下来。

我问过那些专门寻找贝壳的贝迷。

专门到海边去捡贝壳的都是刚入门的人，然后开始采集活体的贝类，自己做标本。这样，除了可以得到新鲜漂亮的标本，还能获得一些关于贝类栖息环境的数据。不过，一般都是从手边最容易采集的地方开始，最后那些不容易采集的地方只能放弃，比如生活在深海中的贝类，而且通常是所在的地方越深的贝壳，贝迷就越想得到。因为潜水没法到达数百米深的深海，所以要与那些深水捕捞作业船取得联系，或者乘坐装备了特殊设备的调查船出海。也就是说，对个人来说，想获得这些生活在深海中的贝类，无论如何都极其困难。这样一来，那些深海贝壳的价格就变贵了。不过，有多少钱与喜欢什么样的生物是不同的问题。

因此，如果放弃追求那些深海中的贝壳，那么作为替代，很多人会专门去收集陆贝，也就是蜗牛。蜗牛的移动能力弱，所以不同地区会有特有种。但不管它们生活在多偏僻的地方、多么稀有少见，还是与那些生活在深海的贝类不同，因为对人类来说，陆地终归可以抵达。

我熟悉的那位贝迷黑住先生，他就一直在积极调查别的贝迷不怎么关注的领域：贝冢。贝冢里面的贝壳多是人们吃过后当垃圾丢掉的，作为收集对象的话，不仅外观不漂亮，而且通常会有大量同一个种类的贝壳，让人觉得缺少乐趣。不过，黑住先生说，正因为细心调查了贝冢中的贝类，才明白了其中的很多问题。

少年时代的我也很憧憬得到那些想要的贝壳，其中就包括那些生活在比馆山更靠南面的贝类，还有生活在深海中的贝类。
另外还有一类：在大海中漂浮生活的贝类。

在我 10 岁那年的冬天，一起到海边捡贝壳的朋友把他捡到的
一个贝壳送给了我。那是一枚蓝色的贝壳，叫琉璃紫螺[1]。琉璃紫螺
的螺壳很薄，螺口宽。虽然贝壳里面有各种颜色或花纹，但像
这样蓝色的贝壳并不多见，而且它的螺壳还那么薄，感觉特别
脆弱，只看了一眼我就着迷了。那之后，我就惦记着捡琉璃紫
螺。虽然这种念想一直有，但在我的少年时代，那是唯一一次
得到琉璃紫螺的经历。

琉璃紫螺这么难遇到，跟它的习性有关。它们一生都吊挂
在自己的泡泡筏下，在海面上过着漂浮的生活。我小时候常去
捡贝壳的冲之岛虽然也受到黑潮的影响，但由于略微位于内湾，
那些在海面上漂浮的贝类很难被带到这里的海岸上。我成年参
加工作之后，才认识到这一点。所以，虽然我总是去馆山附近
的海岸捡贝壳，但如果到与外海相接的茨城县波崎海岸捡贝壳
的话，就有机会见到大量被冲上海岸的琉璃紫螺。沿着沙滩走，
那些被海浪冲上来的琉璃紫螺，就像是一条蓝色海岸线。

像琉璃紫螺这样在外海表层生活的生物，有一个特别的称
呼。人们把大海中漂浮生活的生物叫作浮游生物，把像鱼那样
可以靠自身力量游泳的动物称为游泳生物。而在外海的表层，
在空气与水交接处生活的生物，被称为漂浮生物。

这些在外海表层生活的贝类，也就是那些被定义为漂浮生

---

1. 第 149 页。

物的贝类，有很多琉璃紫螺的同伴。比如和琉璃紫螺一样，有着薄且蓝色螺壳的紫螺及桃红紫螺（*Janthina umbilicata*）等。另外还有外形独特的驼蝶螺（*Cavoliniidae*）、头足纲章鱼的近亲船蛸（*Argonauta argo*）和阔船蛸（*Argonauta hians*）等。翻看我少年时的记录，与琉璃紫螺一样，这些漂浮生活的贝类在馆山都很难捡到，驼蝶螺类只捡到过 1 次，船蛸和阔船蛸也只各捡到过 5 次。这些漂浮生活的贝类，我一直憧憬着。

像前面写到的，我高中毕业离开馆山后，对拾贝的热情就逐渐冷却了下来。但作为接触自然的方式，"收集"这个行为已经完全印在我的身体里。我之前就写过，在海边收集这些被海浪冲上来的贝壳，对贝迷来说充其量算是入门中的入门。我并没有继续发展成自己去采集活的贝类、通过水煮把肉取出来最后制成贝壳标本，达到增加自己收藏的阶段。不过我移居冲绳之后才开始认识到，除了捡贝壳之外，可以做的事情还有很多很多。毕竟，生物的种类太多了，世界上有那么多不同的地方呢。

在"悬浮"于海面之上的冲绳本岛，我们在海岸上就时不时能见到被海浪冲上来的漂浮生物。特别是在夏季台风和冬季季风吹过之后，狼藉一片的海岸便成为我的目标。那些并非每次都能遇到的蓝色海岸线，往往会在狂风肆虐后的海岸上重复上演。这其中最多的就是紫螺和蓝色的僧帽水母（*Physalia physalis*）及帆水母（*Velella velella*）。要采集这些漂浮生物，基本上只有偶然被冲上海岸的时候才能捡到，但用我从小就很熟悉的采集方法已经足够。

这些漂浮生物生活在海洋的表层。从海边的海平线望去，那广袤辽阔的大洋便是它们生活的家园。我们和它们相遇的海滨，于它们而言就是彼岸。这些被海浪冲上来的紫螺或帆水母，只能束手无策地面对死亡。它们与我们生活的世界完全不同，我们甚至不知道，竟然有这样一扇被隐藏起来的门，让我们能够与这些生活在异世界的生物相遇。

通向异世界的大门

在冲绳本岛的海岸上见到这些漂浮动物的同时，我还注意到另外一件有趣的事情，那就是除了蓝色的贝壳和水母外，其中还混杂着来自深海的鱼类。这其中主要是灯笼鱼科（Myctophidae）的。这类鱼体形不大，但有着大大的眼睛，不同种类的身体腹部排列着特殊的发光器。灯笼鱼在日语中的名字，意思是“鳞片容易脱落的，像沙丁鱼一样的小鱼”。实际上，灯笼鱼中既有鳞片容易脱落的，也有不容易脱落的。这类鱼平时在鱼店并不会见到，所以知名度不高，在日本，只有高知县会将巨眶灯鱼（*Diaphus gigas*）做成干货食用，相当油腻。不过，灯笼鱼科的种类特别多，种群数量也大，是许多海洋生物的食物来源。所以，也可以说它间接地丰富了我们的餐桌。比如在八丈岛[1]近海的调查中显示，红金眼鲷（*Beryx splendens*）的主要饵料就是

---

1. 八丈岛，是日本伊豆群岛中的一个岛屿，属于富士箱根伊豆国立公园的一部分。在行政区划上属于东京都八丈町。为了与附近的八丈小岛区别，有时也被叫作八丈本岛或八丈大岛。

灯笼鱼类。

　　我在冲绳本岛及周边小岛的海边，见到过黑体短鳃灯鱼
（*Nannobrachium nigrum*）、栉棘灯笼鱼（*Myctophum spinosum*）、
埃氏标灯鱼（*Symbolophorus evermanni*）、粗鳞灯笼鱼（*Myctophum
asperum*）、瓦明氏角灯鱼（*Ceratoscopelus warmingii*）、近壮灯鱼
（*Hygophum proximum*）和加利福尼亚标灯鱼（*Symbolophorus
californiensis*）等灯笼鱼科的鱼。其中最频繁见到的，是体长
10 厘米左右的暗色灯笼鱼。冲绳的早春西北风较多，所以多在
西海岸见到从海面上被海浪冲上来的东西，特别是本岛西面的
渡名嘉岛。如果是 3 月去那里，可以说必定会见到被海浪冲上
来的灯笼鱼。在黎明前天色还暗的时候，拿着手电沿着岸边走，
一会儿就能看到被海浪冲上岸的那些深海鱼，它们的眼睛反射
着手电中的光。看到那种光时，会有一种无法形容的瞬间感受。
对我来说，渡名嘉岛的海边就是深海的海边。

　　最初，我并不清楚为什么生活在深海里的鱼会被海浪冲到
岸边。通过观察和调查，我找到了原因。不同种类深海鱼的栖
息深度不一样。生活在中层带[1]的灯笼鱼相比其他的深海鱼，栖
息深度算是比较浅的。灯笼鱼白天生活在数百米的中深层水域，
到了晚上它们会到海面附近捕食浮游生物。这时候，一些出于
种种原因死去的个体，就会被海浪带到岸边。而且冲绳的这些
岛屿，基本离开岸边不远就是比较开阔的大洋水面，这也是为

---

1. 中层带（Mesopelagic zone），指 200～1 000 米深的水层，此层虽有些微光线透
入，然而也不足以进行光合作用，只能供生物辨识。

什么深海鱼容易被冲上来。在我的少年时代，这些生活在深海的动物相比于那些南方岛屿的生物，是非常遥远且难以见到的，是如梦幻般的存在。发现它们就躺在我的脚边时，无论见到多少次，我都有种新鲜的兴奋感。

移居冲绳后，那些一度被我认为在另一个世界的深海鱼成了我身边的一部分，虽然见到的种类还是有限。想要潜入深海，只有通过特殊的潜水艇和受过专业训练的人才可以做到。但如果略微变换一下观点，在我们双脚所能踏入的范围内也可以接触到深海。早春，在冲绳的海岸上，有一扇通向异世界的大门，让我们能窥探到那些平时无法到达、居住在外海表层世界的"居民"。我一直尝试通过这样的方式去寻找隐藏在我们身边的那扇通往异世界的大门。

通往深海的那扇大门，在别的地方一样可以找到。冲绳本岛是一座化石宝库，虽然这是我移居冲绳后才知道的。在本岛中南部的石灰岩地带，这些石灰岩实际上就是距今 50 万年以前的珊瑚礁化石。在这些石灰岩下面，沉积着一层灰色的黏土层，冲绳本地方言称其为"Kucha"，这是在距今 1 500 万至 1 000 万年前，从中国大陆东海岸冲来的泥土堆积而成的地层，被称为"岛尻层泥岩"。通过其中包含的化石可以看出，这个地层是在更深的海底慢慢堆积形成的。我从夜间中学的学生们那里听来，因为这个地层中的黏土颗粒非常细腻，所以曾被当地人用来当洗发剂。原来，它在冲绳本地是如此贴近生活的存在。实际上，我的大学在建校舍时，在施工现场就能看到裸露的地层。如果仔细观察从这些地层中挖出的岩石碎片，便能发现其中包含的化石。虽然数量不多，且大多已经损坏，但还是能分辨出有的是生活在深海的双壳类贝壳。

虽然冲绳本岛中南部的这种岛尻层泥岩地层分布很广，但其中的化石产量因为不同地区而相差迥异。几年前，离我家步行 5 分钟左右的一个小山丘因为道路建设而被挖开，在施工现场我就发现了少量化石。从挖开的地层岩壁中被冲刷出来的化石，散落到了岩壁下面的平地上，我就走过去捡这些化石。其中见到最多的是一种叫有孔虫的单细胞浮游生物的壳，著名的星砂[1]就是有孔虫的同类，不过从岩壁上滚落下来的这些有孔虫与星砂的外形并不一样。这些化石中，最吸引我的是一种有点儿像薄薄的贝壳的东西，但它跟贝壳的形状与质感并不同。拿在手上端倪了一会儿，我猜或许是生活在深海的有柄类司氏铠茗荷（*Scalpellum stearnsii*）的壳吧。我们很容易在那些经常被带上岸边的流木表面看到茗荷，它们肉质的柄的端部有一个像贝类一样的壳。刚刚被带上来还活着的茗荷，还会从像贝壳一样的壳的缝隙中伸出小爪子。虽然长得像贝壳，但茗荷并非贝类，它们与螃蟹和虾同属甲壳动物。茗荷是一种过着固着生活的动物，它们用那个小爪子一样的附肢来抓取水中的浮游生物，以此为食。这些固着生活在流木表面的茗荷，也算是一类漂浮生物，而生活在深海的司氏铠茗荷是它们的亲戚。图鉴上经常会使用司氏铠茗荷固着在深海螃蟹甲壳上生活的照片。

---

1. 星砂：指一种像星形颗粒的砂状海洋堆积物，是一种由生物形成的物质。这些星砂一般由多种有孔虫的外壳堆积而形成。冲绳的西表岛有一处名为星砂的海滩，就是由这些物质组成的。

通过一个研究化石的朋友，我把找到的这块疑似司氏铠茗荷的化石转交给了一位专门研究这类化石的研究者。最终证实，那确实是司氏铠茗荷的化石。这位研究者还私信告诉我，这是在冲绳地区发现的第二块司氏铠茗荷化石。就这样，那段时间我总是沉浸在从家里散步到那片"深海"的快乐之中。随着施工结束，那块包含很多深海生物化石的岩壁完全变成了一块空地，只是道路被拓宽了。

施工结束之前，我曾多次外出到"深海"散步。我还捡到过一块长约 5.5 毫米的扁平化石。这块化石与贝壳完全不是一个质感，边缘还有许多小锯齿。这其实是一块鱼类的耳石。人类的耳朵中有一个用来掌管平衡感的器官，叫作半规管。鱼类的耳朵中也有这样负责感受平衡的器官，叫作耳石，由碳酸钙结晶构成，左右耳各一对。有兴趣的话可以从家里的冰箱中找出小杂鱼干或者切开的竹荚鱼，能轻松地取出耳石。更准确地说，耳石可以细分为扁平石、星状石和砾石各一对。以日本竹荚鱼（*Trachurus japonicus*）为例，你从鱼头部取出的耳石中，最显眼的就是那块最大的扁平石。

根据耳石研究者大江文雄先生的说法，灯笼鱼中有夜间要从深海上升至海面的种类，也有不上升的种类。虽然两者被划分在同一属，但它们的耳石形态有很大差异。也就是说，鱼类的生活习惯与耳石的形态之间有着某种关联。虽然耳石只是占据鱼类身体一小部分的器官，但耳石的形态会因鱼的种类不同而异，多样性很丰富。另外，由磷酸钙构成的鱼类骨骼很难形成化石，更多由碳酸钙构成的鱼类耳石便作为化石遗留下来。

因此才有专门研究耳石的专家。我赶紧把在我家附近工地找到的这块耳石化石寄给大江先生。大江先生给我的回复是，这是一块黑潮眶灯鱼（*Diaphus kuroshio*）的耳石化石。

我家附近的这个施工现场，算是离我最近的可以到"深海"散步的地方，只是地层中的化石太少了。在与冲绳本岛中部有桥相连的宫城岛，残留着很多挖土后留下的空地，从剖开的土层中冲出来的化石也散落在地面上，数量之多简直是我家附近那个工地没法比的。我可以一直跪在地上，不停收集地上那些小块化石。我也把从这里收集来的耳石都寄给了大江先生帮忙鉴定。一共 104 个耳石化石，共鉴定出 23 种。其中数量最多的是巨眶灯鱼，一共有 26 个，其他还有喀氏眶灯鱼（*Diaphus garmani*）、金鼻眶灯鱼（*Diaphus chrysorhynchus*）和黑潮眶灯鱼等灯笼鱼科的耳石。还有拟星腔吻鳕（*Coelorinchus asteroides*）、多棘腔吻鳕（*Coelorinchus multispinulosus*）、三崎凹腹鳕（*Ventrifossa misakia*）和日本软首鳕（*Malacocephalus nipponensis*），这些鼠尾鳕科的鱼类无一例外都是深海鱼的代表。除此之外，也发现了日本胸棘鲷（*Hoplostethus japonicus*）、一种尖牙鲈（*Synagrops* sp.）和白穴美体鳗（*Ariosoma shiroanago*）的耳石。

在宫城岛收集耳石化石时，我还发现其中有贝类的化石。这其中有一个形态非常特别的，我一下就认出来了。那是一种旋梯螺（*Thatcheria*），经常能在图鉴中看到，却从来没在海岸边捡到过的贝类。它的外形有一种无法用语言形容的超现实感，给人一种会在达利[1]画作中登场的观感。它们栖息于深海，根据书中记载，主要生活在水深 100 米至 200 米的海底（在宫城岛发现的化石与现生种不一样，学名为 *Thatcheria gradata*[2]，但同样是深海贝类）。

少年时代一直憧憬着的深海贝壳，居然用"捡"的方式就得到了。在我发现的这些贝类化石中，旋梯螺算是比较大型的，同时发现的其他贝类要小得多。这些贝类的化石我请爱知学院短期大学的田中利雄先生帮忙引荐，送到了专门研究微型贝类的专家城政子先生手中，我将鉴定结果以及这些贝类在图鉴中所记载的深度列在下面：

深水滨螺（*Rissoina benthicola*）水深 100 米至 200 米

横山玉螺（*Euspira yokoyamai*）水深 50 米至 200 米

迪芬蟹守螺（*Argyropeza divina*）水深 900 米以下

台湾骨螺（*Vokesimurex rectirostris*）水深 100 米至 150 米

佛塔织纹螺（*Nassarius babylonicus*）水深 400 米至 800 米

浅凹桶笔螺（*Vexillum sculptile*）水深 50 米

新包囊螺（*Gibberula novemprovincialis*）水深 20 米

---

1. 萨尔瓦多·达利（Salvador Dalí，1904 年 5 月 11 日—1989 年 1 月 23 日）：西班牙加泰罗尼亚著名画家，因超现实主义作品而闻名。他与毕加索和米罗一同被认为是西班牙 20 世纪最有代表性的 3 位画家。
2. 这个种类现被作为旋梯卷管螺（*Thatcheria mirabilis*）的同物异名。

至 50 米

费氏核螺（*Brocchinia fischeri*）水深 200 米至 500 米

戈比核螺（*Admetula garrardi*）水深 50 米至 200 米

肋瘤假美兰螺（*Inquisitor tuberosus*）水深 10 米至 50 米

山坡卷管螺（*Suavodrillia declivis*）水深 20 米至 200 米

东海纺轴百旋螺（*Cochlespira pulchella pulcherrissima*）水深 100 米至 200 米

萨氏海狮螺（*Epitonium sawamurai*）水深 150 米至 420 米

相模湾彫蜷（*Mathilda sagamiensis*）水深 50 米至 150 米

斑捻螺（*Punctacteon* sp.）水深 10 米

中山捻螺（*Acteon nakayamai*）水深 100 米至 200 米

日本露齿螺（*Microglyphis japonica*）水深 100 米至 300 米

日本无塔螺（*Roxania japonica*）水深 25 米

河村弯锦蛤（*Nuculana kawamurai*）水深 1 米至 200 米

齿笠蚶（*Limopsis crenata*）水深 50 米至 200 米

杰氏拟日月贝（*Propeamussium jeffreysi*）水深 100 米至 500 米

虽然这些贝类生活的深度各有不同，但大体上都在水深 100 米～200 米左右，一些生活在浅处的贝类也有可能被水流冲到更深的地方。

无论是鉴定耳石化石的真身，还是确定深海微型贝类的名字，这些都并非我自己能完成的事情。有幸仰仗各位专家的帮忙，我才知道了它们的名字。

单纯地去收集，然后查清它们的名字。

这样看来，我现在做的事情和小学时相比基本没变化。尽管如此，通过这种方法，我还是打开了通往异世界的那扇大门。

谁都可以做的事情

通往异世界的大门总是藏在令人意想不到的地方，而让我们可以意识到这扇大门的机会，也一样隐蔽。

"捡贝壳这件事，谁都做过吧！"

一位我认识的编辑，在一次交谈中说了这么一句话。

新的异世界大门的开启，便从这句话开始。

自然并非为了某些特别的人而存在。虽然我总是想着，"让任何人都可以与自然打交道才最重要"，但那位编辑的话还是让我出乎意料。无论多么贴近身边的自然，无论多么简单的方法，只要你的对象是自然，那里就有通向未知世界的可能。

"是啊。或许捡贝壳这件事，还有更新奇的趣味呢。"我这样想道。

正是编辑的这一句话，让我有了重启拾贝的想法。但这次并非像我少年时代那样，随意且毫无目标地收集各种贝壳。

为什么要捡贝壳？

捡起贝壳，可以看到什么？

我试着去思考这些问题。

还有一件令我意想不到的事。让我重启拾贝的启示，就隐藏在少年时代收集来的那些贝壳收藏中。

少年时代收集来的那些贝壳中，平时难得见到的贝壳，特别是宝螺一类的被我装在纸箱子里，去哪儿都带着。而那些没有被我选中带在身边的贝壳，都放在老家的屋檐下。当我想重新看看那些捡来的贝壳时，我就把这些尘封许久、多半已经被雨水淋过的贝壳挑选一遍，拿出几个有特点的带回冲绳。

这个时候，我先注意到一个问题，贝壳很结实。那些我少年时代收集来的贝壳，即便这样放在屋檐下，也没有走形，颜色也没有褪去太多。我用防水墨水在贝壳上记下的那些数据也都还能看清。回到冲绳后我居然发现，其中一个从一直淋雨的状态中被"救出"的贝壳，是我一直想要寻找的一种双壳类。

这枚已经被磨损的贝壳只有一边，白色的壳上染着一层淡淡的灰色。这是一种壳很厚的双壳类，上面记载的采集日期是1975 年 12 月 13 日，采集地点是冲之岛。我自己完全想不起捡过这个贝壳。回看以前的贝壳采集记录，那一天的记录中也没有针对这个贝壳的描述。或许我当时觉得这枚贝壳有点儿脏吧，所以没太在意。

这样一枚在少年时代那样痴迷捡贝壳的时期都没注意到的贝壳，当我重新打开图鉴去鉴定时，才发现是血蚶（*Tegillarca granosa*）。血蚶在日语中叫"灰贝"，因为它的壳很厚，烧掉后可以制作石灰，因而得名。让我最感兴趣的是，图鉴上记载这种贝类的分布地点是伊势湾以南。而捡到这枚贝壳地点的千叶县实际上比它原本的分布地更靠北，那么为什么这种贝壳会出现在我的收藏中呢？

绳纹时代，馆山一带的水温比现在高，所以那个时候血蚶也可以生活在这里。这些贝壳就是埋在地层中，之后被海水冲到海岸上的。

这一发现，便提示了我重启拾贝的视角。贝壳不是生物，它只是构成生物的外在结构，所以相当结实。因此，那些数千年前绳纹时代的贝壳被海浪冲到海岸上后，甚至很难马上将它们与现生的那些贝壳区分开。

正因为贝壳很结实，所以它们可以超越时代。

换言之，拾贝或许可以让我们时间瞬移。这也成为我重启拾贝的视角之一。

探索消失的贝壳

带着这样的视角去探索，就能注意到到处都能捡到那些"现在已经不存在的贝壳"。那么这些贝壳，到底是什么时候的呢？它们现在为什么消失不见了呢？

少年时代，我一直憧憬杂志上介绍的那座南方岛屿：西表岛。这座以西表山猫闻名的岛屿，给人们一种"原始岛屿"的印象。此外，自古就有人类住在那座岛上。所以，在西表岛的海岸边，到处都能见到贝冢。贝冢里面有很多我小时候从图鉴中见到的、一直想要得到的贝类，比如大型的白星宝螺，还有又重又厚实的骆驼螺（*Lambis truncata*），大型的双壳类砗磲，都不由得让我为之惊叹。还有大量望远镜海蜷（*Telescopium telescopium*）混在这些贝壳中。望远镜海蜷的壳是细长条的，它们生活在红树林中。从贝冢中发现的这些贝壳肯定都是被人们吃掉的，但现在西表岛的红树林中根本见不到望远镜海蜷了。从黑住先生那里得知，目前认为西表岛和石垣岛的望远镜海蜷是 17 世纪以后消失的，多半是人类过度采集所致，个体数量不断减少，最终灭绝（现在去东南亚还能见到望远镜海蜷。去江之岛等观光胜地旅行时，有卖那种从国外来的一小包一小包的贝壳，里面有时候就能见到国外产的望远镜海蜷）。

就这样，因为人类的影响，有些地区原本能见到的贝类也发生了变化。从我们脚下滚落的贝壳中，便可以看到这样的历史变迁。

当我带着这样的新视角开始捡贝壳时，我注意到，那些少年时代没能捡到的贝壳也存在着。"为什么那个贝壳出现在那里呢？"先不说能不能回答这样的问题，这很简单。但是，能意识到"为什么那个贝壳没有出现在那里"这样的问题，才真的比较难。

因为重新开始捡贝壳，我才第一次意识到，自己少年时代的那些贝壳收藏中，居然没有丽文蛤（*Meretrix lusoria*）。说到丽文蛤，连不认识几个贝类名字的学生都知道。但就是这么一种普通得不能再普通的贝类，那时孜孜不倦捡贝壳的我居然没有捡到过，哪怕一次都没有过。这是为什么呢？去哪里才能捡到丽文蛤呢？解开这个谜团成了我重启拾贝的目标之一。

东京湾曾经是有名的丽文蛤产地。明治初期，作为东京大学第一代动物学教授的爱德华·莫尔斯[1]，乘坐列车从横滨前往东京，他向窗外望去时发现了贝冢，于是他着手在日本进行第一次发掘调查，并发现了闻名世界的大森贝冢。从大森贝冢出土的贝壳中，大多是丽文蛤。不仅如此，莫尔斯留下的明治时期在大森海岸发现的贝类调查记录中，丽文蛤在大森海岸同样是最常见的贝类。东京湾一带的丽文蛤后来灭绝了，据说是在20世纪70年代。不过，我在位于东京湾爱知县的桑名（这里的"桑名烧蛤"很有名）和九州的宫崎间一直寻找，终于在宫崎的一条河流的河口处捡到了现生丽文蛤的贝壳。

　　我带着"时间瞬移"这样的视角去捡贝壳之后，看到了与此前不同的风景。

　　埼玉学校的高中生在修学旅行时来到了渡嘉敷岛，从那霸港坐船大约一个小时就能到这里。我要带领这些修学旅行的高中生体验自然，作为向导带着他们到海边观察生物，于是自己提前来到海边做准备。退潮后的海滩上，哪些生物遗留在了潮池中呢？我发现海滩上遗落的有砗磲和大马蹄螺（*Rochia nilotica*）等，这些大型贝类被海浪冲上来不太正常。这些贝壳看起来像是被人类吃完丢弃在这里的，所以我想应该是从贝冢里冲出来的。另外还找到了大型的龟甲宝螺（*Mauritia mauritiana*），贝壳背面圆圆的壳被打坏了，看起来也是人打碎

---

1. 爱德华·莫尔斯（Edward S. Morse，1838 年 6 月 18 日—1925 年 12 月 20 日），美国动物学家。曾去日本采集标本，被邀请在东京大学当了两年外籍讲师。在他的努力下，东京大学在社会和国际上确立起了地位。他发掘了大森贝冢，奠定了日本的人类学及考古学基础。

的。于是我爬上海岸后边的一个沙丘，在沙丘的一角发现了一处埋着很多贝壳的地方。那些贝壳应该就是从这里被冲出来的，果不其然是个贝冢。这时候，我被一个东西吸引住了，沙子里露出了一个长约 75 毫米的大型笠螺。

我无法马上鉴定出它的具体种类，但这么巨大、壳这么厚的笠螺我还没捡到过。不过我脑海中还是浮现出一个名字：强笠螺（*Scutellastra optima*）。只是，之前黑住先生不是说过，冲绳这里没有强笠螺吗？

我抱着半信半疑的想法，把这个贝壳寄给了博物馆的黑住先生。回信中，黑住先生不由得感叹："太神奇了……"这确实是一枚强笠螺的贝壳。黑住先生马上组织了一个小团队来到渡嘉敷岛调查强笠螺。有点遗憾的是我没能参与这次调查。不过在动物考古学研究大会上，我的名字还是出现在了调查报告中（《冲绳诸岛的先史遗迹中被首次确认有强笠螺的生存》，黑住等，2012）。这次考古大会上发表的这个贝壳，在绳纹至弥生时代是制作手串（贝壳手串）的原料，非常珍贵，曾在许多遗迹中出土。但从这些遗迹中出土的强笠螺原本生活在哪里，很长一段时间内都没有彻底研究清楚。我引用一下这次发表报告的摘要：

强笠螺在先史时代被用于制作贝壳手串，是一种大型笠螺，壳长 8 厘米左右。这种笠螺的栖息地很有限，目前在冲绳诸岛尚未确认还有现生的栖息地。各处遗迹尚未报告发现原材料的壳或加工后的碎片。因此可以认为，强笠螺在先史时代以后，在冲绳诸岛就没有生活记录了。不过，盛口[1] 确认了在冲绳渡嘉敷岛的海岸边有数量众多的强笠螺。（中略）虽然今后需要依赖技术去测定这些强笠螺的年代，但这些强笠螺在大约 4 000 年前被采集的可能性很高……

在这之后，我有机会拜访了从考古方面研究强笠螺的忍泽成视先生。忍泽先生不仅研究从考古遗迹中出土的被作为手串的强笠螺，还不断往来于伊豆群岛和琉球列岛之间，希望能够发现强笠螺的现生个体。现在，他从以前并没有强笠螺生活记录的岛屿中，不断找到现生的强笠螺，也明确了绳纹时代强笠螺的交易输送路线。在东日本遗迹中出土的强笠螺贝壳手串，是从三宅岛和御藏岛等伊豆群岛采集并输送到本土的。强笠螺生活在岩礁地带海水畅通的岸边，也就是海浪汹涌的地方。即便在大潮时，也只能在浪花四溅的岩石处找到它们。因此，寻找并"捕获"强笠螺是一件很需要人拼命的事情。忍泽先生在著作中记到，提到采集强笠螺时会使用"捕获"这样的词，原因就是"与采集生活在潮间带的丽文蛤和菲律宾蛤仔相比，难度完全不能相提并论。不与疯狂的潮水和海浪搏斗，就不可能得到强笠螺，所以用'捕获'来形容更适合"（我看过忍泽先生"捕获"强笠螺时的视频，那场景果然如书中所述）。忍泽先生同时指出，强笠螺作为制作贝壳手串的珍贵原材料，不仅有其

---

1. 即本书作者。——译者注

他贝类没有的特性（形态及颜色等），并且"一定是因为只生活在极有限的岛屿才这么稀缺"。

　　收集贝壳，对任何人来说都是一件简单的事情。但就是这么一件简单的事情，也能让我们打开通往异世界的大门。随后你会发现，自己正在不同于平常的时间轴上观察事物。

第 8 章

镶嵌的自然

下垂蛇形虫草（*Ophiocordyceps nutans*）

两种原始风景

到 20 岁左右，我们心中对"原始风景"的定义就形成了。在此之后的人生中，不管遇到什么样的自然环境，我们都会把它与自己内心中的那个"原始风景"去做对比与定位。

我在想：在这样的"原始风景"中，是否也存在"身边的自然"和"远方的自然"呢？至少在我的心目中，这两者都存在。

那个一天到晚都在捡贝壳的少年，也开始把他的兴趣扩展到昆虫、植物和真菌等各种生物中。考大学时想去学生态学，是因为我觉得这是一门可以研究生物生活的学科，比如研究昆虫或者小动物之类的。可是入学后才知道，我考的这所大学的生物系只有植物生态研究室，所以我在大学的研究主题和森林中的那些树木有关。

到了大学三年级，大我一届的学长们召集帮助他们完成毕业论文的调查助手，我报名了，时间是暑假的 2 个月。根据当时环境省的安排，要对屋久岛的原生自然环境开展综合野外调查。我就读的千叶大学生物学科承担了此次杉树林生态学的调查任务，调查地点就在屋久岛的杉树林。

屋久岛位于九州南面的海面上，是一座面积约为 232 平方千米的圆形小岛，最高峰是海拔 1 935 米的宫之浦岳。即便是位于九州的南面，到了冬天，山顶还是可以见到积雪。屋久岛的沿岸生长着茂密的榕树等亚热带植物，这一点与冲绳很相似。随着海拔上升，植被类型不断发生变化，从常绿阔叶树、杉树林开始，到了山顶又可以看到常年受到风吹的低矮灌木。由于降水丰富，屋久岛共记录有 388 种蕨类植物和 1 136 种种子植物。在屋久岛，最有名的植物当数胸径达 16 米的绳纹杉。大学时，我深入屋久岛的深山协助调查，这是一片名叫花山、地处海拔 1 200 米左右的杉树林，很少有登山爱好者会来到这里。我所参与的调查主题，是研究杉树在森林中如何繁殖后代，以及幼苗如何生长的。首先在林子中设置一个 100 米 × 120 米的调查样方，每 50 米把这个区域划分成 4 小块，并把每个小块中植物的种类、位置、粗细、高矮以及茂密程度[1]分别记录在地图上。长年累月，森林中的树木不断被更新替代，有的因为寿命到了而枯死，有的因为台风而倒下，这样就会给原本茂密的森林留出一小块开阔的地面，这在生态学中被称为林隙（gap）。林隙的形成让林床获得充足的日照，这样就让那些原本生长在昏暗林床上的幼苗有机会一起向上生长。不过，屋久岛的雨水很多，种子如果落在空地上，很容易被雨水冲走。因此，在这种情况下，如果种子幸运地落在已经长满苔藓的倒木上，就有

---

1. 即盖度，植物地上部分投影占样地面积的百分比。——译者注

机会生根发芽。扎根后的幼苗在苗壮成长的过程中，相互之间就展开了对阳光的争夺。所以会看到有些树苗没能获得更多的阳光而最终枯死。当然，森林间这样的更替是在很长一段时间内发生的，从人类寿命的角度去看，很难完整见证这个过程。不过，从那些刚刚从林隙间长出的幼苗，到那些树龄很大的林木，如果能在一定程度上对大面积的森林开展调查，便可以看到这个漫长过程中的许多阶段。所以，虽然我们用森林一个词来概括所有，但真实的森林也是从这样的林隙开始，由成长于不同阶段的斑块[1]构成了镶嵌构造。我们当时的研究方法与目的，就是理解这些镶嵌构造的森林，并按时间轴将不同的斑块重新排列，即可了解整个森林更新演替的过程。因此，给大树绘图及收集资料等全套流程下来之后，我们会趴在地上继续调查每一棵幼苗生长的地方。

从林道开始步行大约两三个小时才能到达调查样地，所以每次我们上山都要搭帐篷，带着所需的食物、调查工具，在森林中开展为期两周的调查，结束后再下山洗澡（也就是说，平均两周才能洗一次澡），之后购买完新的食物后再次上山，如此周而复始。最让人难受的是梅雨季节的连续降雨，两周时间内既不能洗澡，也不能换洗衣服（在每日湿度接近 100% 的屋久岛的大山里，即便换洗了衣服，湿漉漉的衣服也没办法晾干），每天都过着帐篷生活。伙食上也只能依赖速食食品，因为要依靠人力将两周的食物全部搬上山，而人力所能承受的重量是有

---

1. 斑块：生态学名词，指与周围环境不同的空间实体。

限的。

即便如此艰苦，住在屋久岛的森林中的体验还是十分难得的。周围全是长满绿苔的大树，这些树龄在数百至数千年的大树构成了这片巨树森林。富含丰富树脂的屋久杉，枯死之后的遗骸仍然能够矗立在森林中超过数百年。当时每天的生活就是被这些大大超越人类寿命的生物包围。除了一起深入森林参与调查的学长与同年级的同学，完全见不到其他人类的痕迹。

决定参与上山协助屋久岛的调查之后，我曾暗自考虑过一件事，那便是写（或描绘）一本屋久岛的博物志。

少年时代的我所怀抱的梦想之一，就是能够完成一本《地球全生物图鉴》。而我企图写一本屋久岛的博物志，也可以说是这个梦想的延续。尝试完成那本《地球全生物图鉴》的过程，耗费了我大量的时间，最主要的原因在于我自己的无知，连地球上到底生活着多少种生物都不知道，当然还有我急躁的性格。我要开始动工我的《地球全生物图鉴》啦！不要放弃！然而只坚持了一两年，没有得到任何结果。

不过，想要完成一本《地球全生物图鉴》的想法并没有完全消失。但是，我也慢慢开始明白，我想写的并不是一本图鉴，而是博物志。虽然没有确定要写一部《地球博物志》，但我想至少利用现在短期逗留屋久岛的机会，试着让自己的这一想法成形。因此，在两个月的调查时间里，我尽可能地用自己的双眼多去观察生物，并把它们描绘记录下来。我以能写一本《屋久岛博物志》为目标来到这里。不过，由于最多只能在岛上逗留两个月的时间，终归不可能把屋久岛上所有的生物都见一遍。

　　虽然每天都在森林中抱着大树去测量，趴在林床上寻找树苗，但我还是尽可能地利用午饭后短暂的休息时间或晚上回帐篷睡觉前的一点时间，努力完成自己的目标。晚上，我在帐篷里绘图，蜡烛是唯一的光源。野外记录用的测量笔记本有着坚硬的封皮，加上制图笔就是我所有的绘画工具。两个月的时间，就算把休息日加在一起，也只有几天时间。在这不多的时间里，我到屋久岛山顶，画下那里特有的高山植物。每两周一次的下山日，我把下山路中在登山道上见到的生物，还有沿海岸营地（停办的小学校）周围见到的生物作为我的描绘对象，全部记录下来。最终，算上那些只有一片树叶的图，我一共描绘了 333 种生物。回到大学后，我重新描绘了这些图，整理成书。现在回过头再看看这些略显粗糙的绘图，虽然不能拿来做些什么，但当时我感觉终于以某种形式，接近了我小时候的那个梦想。

远方自然的象征

　　这本自制的《屋久岛博物志》中给我留下印象最深的一幅绘图，是一种名叫下垂蛇形虫草的虫草。

　　所谓虫草，就是一类真菌。它们附着在虫子身上，然后将虫子杀死，并以虫子的身体遗骸作为营养源，不断地生长出子实体（即平时我们所讲的"蘑菇"这一部分）。在中国的青藏高原上，有一种专门寄生在蝙蝠蛾幼虫中的冬虫夏草（*Ophiocordyceps sinensis*），自古以来作为药材备受珍视。这种中国产的药用虫草非常有名。同样，日本也生长着很多种虫草，只是没有用作药物。分类上，虫草属于子囊菌门（Ascomycota），包括麦角菌科（Clavicipitaceae），还有与麦角菌科关系很近的虫草菌科（Cordycipitaceae）和蛇形虫草科（Ophiocordycipitaceae，该科曾被划到麦角菌科）。不同种类的虫草，其寄主昆虫（有些种类会以蜘蛛或块菌〔truffle〕等昆虫以外的生物为寄主）、子实体的形态和颜色等都不一样。在日本，最有名的虫草应该是小蝉草（*Ophiocordyceps sobolifera*），在一些面向儿童群体的昆虫图鉴中也会看到它的身影。常常把图鉴放在手边随时翻看的我，很早便知道虫草了，只是来到屋久岛参与调查之前，我并没有亲眼看到过实物。我找到的这棵下垂蛇形虫草，它的寄主是斯氏珀蝽（*Plautia stali*）。它从寄主斯氏珀蝽的肩部伸出黑色细长的柄，在柄的端部又伸出一个朱红色、略微膨大的子实体。

　　南房总的自然是我少年时代的原始风景。无论何时见到何地的自然，我都会有意无意地将它与我的故乡馆山比较。所谓的原始风景必定有本身的由来。南房总的自然对我来说同样是典型的"身边的自然"。而我现在生活在冲绳县的那霸市区，不管是这些南方小岛的自然还是城市的自然，对我而言都以一种次要的"身边的自然"的形式存在。另外，自从大学时参加了屋久岛的调查，屋久岛的原生林也成了我原始风景中的另一条坐标轴——可以说，在我心里的位置就相当于"远方的自然"。我在思考原生的自然应该是什么样的自然时，脑海里便浮现了屋久岛的森林。

　　所以，当我第一次在屋久岛的森林中遇到虫草时，对我而言，那是不同于儒艮的、另一个"远方的自然"的象征。

常绿阔叶林的位置

屋久岛的森林中既有那些刚刚从林隙间长出的幼苗，也有那些年龄已经很大的林木，这些不同的斑块共同形成了它的镶嵌状构造。远望我们身边的自然，就会发现它也像屋久岛的森林，虽然并不完全一样。以我的老家为例，如果远望我老家的周围，附近的山上都被茂密的杂木林覆盖，山麓下连接着广阔的平原与旱田。再向山的另一侧望去，会看到一片片全是住宅区，住宅区的对面就能看到大海。虽然我老家周围也不算是农村，但也并不是那种开发程度很高的城市。在这里，人类生活的痕迹还是很明显的。出门步行大约 1 个小时，就到了我少年时代常去的冲之岛。

冲之岛原本是与大陆相离、孤立于馆山湾的一座小岛。关东大地震造成海底地形隆起，进而影响到海流的变化。海流搬运来的大量泥沙在这里堆积，最后变成了一座陆连岛。一走进冲之岛，首先会进入由茂密的红楠（*Machilus thunbergii*）和天笠桂（*Cinnamomum yabunikkei*）等高大的乔木组成的常绿阔叶林。岛上最粗的一棵红楠胸径达 97 厘米。少年时代，我一看到这些郁郁葱葱的森林就很苦恼，因为我来岛上主要是为了捡贝壳，必须沿着森林中的小道一路小跑。那时的我只想赶紧到对面的沙滩上，多一秒钟也不想耽误。对我来说，我的故乡在我心中那个"身边的自然"的位置，是一个整体。但如果走近它仔细观察，会发现其实这也是由数个部分形成的镶嵌体。冲之岛的森林虽然属于"身边的自然"的一部分，又可以算是相对的"远方的自然"。换句话说，在身边的自然中，那些带给我违和感的森林，包括这些常绿阔叶林，在我心中都被放到了"远方的自然"。

而且我大学四年级的毕业论文，就选择了冲之岛的常绿阔叶林作为我的野外研究地点。这片少年时代总是匆匆路过的森林，在数月的研究期间成了我频繁到访的地方。采用在屋久岛学会的调查手段，我收集了每一棵树的资料。我一共调查记录了 2 166 棵树的资料，其中属于常绿乔木的有 9 种 1 034 棵（冲之岛的森林属于常绿阔叶林，但有很多落叶树生长在里面，我当时的研究主题就是考察这一生态的成因）。

回想起来，身边的自然不就是这种镶嵌形的构造吗？

我在冲绳的每一天，也充斥着这样的双重性。

原本，冲绳在我的少年时代象征着"远方的自然"。但当我移居冲绳之后，再去看冲绳时，冲绳对我来说就同时拥有了"身边的自然"和"远方的自然"所具备的要素。平时我在市区的日常生活可以归为"身边的自然"。而在冲绳本岛北部，那里的山原有广阔的常绿阔叶林。每当我走进那片森林，我就有一种感悟：我来到了"远方的自然"。

调查屋久岛的虫草

移居冲绳后，开始追逐冲绳本地的"身边的自然"和"远方的自然"的我，为了继续确认自己内心那个"远方的自然"，基本每年都要再去一次屋久岛。

　　即便是在屋久岛，也有人类生活，所以不能说这里完全不会受到时代的影响。但是，相对来说，屋久岛的原生自然在我的心目中包含了更多"远方的自然"的要素。对不同的人来说，在屋久岛的哪里最能感受到"远方的自然"，选择也不尽相同吧。来屋久岛的人，大多数是为了看那棵已经矗立了数千年的绳纹杉。每到梅雨季节，这里就会接收到雨水的信号，地面上到处爬着蚂蟥。我一边驱赶蚂蟥，一边用手电照在昏暗的林床上，寻找在落叶间勉强露头的虫草。正是这样的时刻，让我感受到了"远方的自然"。

　　虽然药用的虫草生长在高山草甸，但不同种类的虫草，生境大有不同。比如城市中的神社，我们能在那里的树林中发现紫色野村菌（*Nomuraea atypicola*）和黑拟多头束霉（*Tilachlidiopsis nigra*），蛹虫草（*Cordyceps militaris*）和蜻蜓虫草（*Cordyceps odonatae*）则经常在杂木林中被发现。虫草并非必须去原生森林才能见到。不过，相对来说，虫草可算是同时具有原生自然特性和亲近感的生物。

　　我刚开始往返于冲绳和屋久岛之间的时候，我对屋久岛的虫草还不是特别了解。虽然很久之前，人们在屋久岛第一次发现了虫草，并将它命名为屋久蛇形虫草（*Ophiocordyceps yakusimensis*），但在那之后很长一段时间内，屋久岛上没再发现过虫草。我和住在岛上、同样对虫草有兴趣的朋友一起在屋久岛的森林中来回穿梭，弄清了屋久岛上一部分虫草的种类。经过连续的调查，单是以蝉的若虫为寄主的虫草，不仅发现了之前很久没再发现过的屋久蛇形虫草，还发现了大蝉菌（*Cordyceps heteropoda*）、粒虫草（*Perennicordyceps prolifica*）、奄美蛇形虫草（*Ophiocordyceps* sp.）、小林虫草（*Cordyceps kobayasii*）、簪多头霉（*Polycephalomyces kanzashianus*）和奇异弯颈霉（*Tolypocladium paradoxum*）。除此以外，还有很多其他种类，只是暂时没法准确鉴定出它们的名字。当然，我们也并没有把屋久岛全部的虫草种类弄清楚。

在频繁去屋久岛的过程中，我还发现了许多以蝉以外的昆虫为寄主的虫草，其中之一就是以金龟子的成虫为寄主的虫草。

虫草分为有性态和无性态。拿我们身边的马铃薯（也就是土豆）举例解释一下。种马铃薯时，人们会把它的块茎切成数个小块埋在地里，利用马铃薯自身的克隆来繁殖。这种直接克隆复制自己的无性繁殖方式，在真菌中被称为无性态。此外，马铃薯也会开花，取决于不同的品种，有的品种可以结出果实。这种通过开花、授粉、结果而产生种子的有性繁殖方式，在真菌中被称为有性态。虫草的话，即使是同样的种类，有性态和无性态也相差甚远。还有的种类只有有性态或只有无性态。所以有时候看似完全不同的两个种类的虫草，实际上它们只是同一种的有性态和无性态而已。

虫草附着在昆虫身上，杀死昆虫并以其身体为营养生长，最后长出子实体并释放孢子，以这种方式繁殖后代。在感染昆虫的病原菌中，我们把这种会长出像蘑菇一样的真菌称为虫草

（一般以有性态为主）。

我在屋久岛发现的那种以金龟子的成虫为寄主的虫草，有一个黄色棒状的子实体。我把这个虫草的子实体寄给了研究昆虫病原菌的专家。最开始，我认为我找到的这个虫草，是已经被报道过的金龟子虫草（Cordyceps scarabaeicola），这是一种相当少见的虫草。因此，我觉得这次发现非常珍贵，于是把它寄给了昆虫病原菌专家。但是，让我意外的是，我找到的这种虫草并不是金龟子虫草，而是一个尚未被描述过的新种。

不过，根据收到我寄送的虫草的岛津光明先生所讲，我找到的这种寄生金龟子的虫草，虽然它的有性态是一个新发现，但与它同种的无性态早已被研究得非常透彻。被这种虫草的无性态感染的昆虫身上会呈现出纯白色的霉菌。这种虫草感染的寄主是天牛，而天牛通常被认为是害虫（比如造成松树枯死的松墨天牛［Monochamus alternatus］等），所以这种能够感染天牛的真菌一直被作为生物防治领域的研究对象，所以我在屋久岛找到的这种感染金龟子的虫草的无性态（白僵菌属［Beauveria sp.］中的一种），是一种被人们熟知的真菌。有意思的是，这种虫草的无性态会感染天牛，有性态会感染金龟子，而且目前仅知它会感染绢金龟属（Maladera sp.）的小型金龟子。至于为什么会这样，还完全未知。当然，正是有这么多谜团围绕左右，虫草才因此魅力无穷。

此外，在屋文岛发现的虫草中，最值得注意的是蛇形虫草（图 8）。这种虫草首先发现于宫崎县，后在鹿儿岛也发现过。这是一种罕见的虫草，只在包括屋久岛在内的这三个地方发现过。

与宫崎县和鹿儿岛相比，屋久岛上发现的数量最多。

在前面的章节中，我已经介绍过许多生活在野外的蟑螂，相关的虫草有蜚蠊蛇形虫草（*Ophiocordyceps* sp.），还有专门寄生在野外朽木中的江崎氏木蠊（*Salganea esakii*）的。更有趣的是，生活在同样环境中的黑褐硬蠊（我在课上讲虫子时给学生们看的那一种），到目前还没发现它被寄生后形成虫草的例子，这同样是一个谜。

虽然蜚蠊蛇形虫草本身在屋久岛的森林中并不算什么稀罕物，但在世界范围内，感染蟑螂的虫草还是相当稀少。截至目前，只有斯里兰卡发现过寄生蟑螂的虫草，而且是感染生活在叶子上的德国小蠊（资料上是这样记载的，也可能是其他种类的小型蟑螂）。虫草很少感染蟑螂，我推断或许是因为蟑螂的抗菌能力强吧？平时生活的环境经常会接触到各种病原菌的昆虫，自身会随着演化而获得抵抗病原菌的能力。

就像我刚刚讲的一样，即便是虫草，也有各种各样有趣的种类。

或许，仍然还有未知的虫草沉睡在屋久岛的森林里吧。

我想，这种神奇的生物一定很早就出现在地球上了吧。

我想，森林孕育出这种神奇的生物一定用了很长时间吧。

调查冲绳的虫草

为了调查虫草而在屋久岛的森林里进进出出，钻进原生森林这种事情已经融入了我的身体。

"你来这里做什么？来看珍稀生物吗？"

刚刚移居冲绳时，面对这个问题我不知如何回答。那时我还在犹豫是否要到冲绳本岛北部山原的森林里去看一看。我在探寻虫草时，终于开始明白自己到底应该怎样探究山原的森林了。

于是，我开始尝试到山原的森林中寻找虫草。

最初，山原的森林在我的眼里，如一种均质化的"远方的自然"。但我一边在森林中徘徊，一边寻找虫草时，慢慢地感觉到山原的森林并非均质化的。南北狭长的冲绳本岛，其北部山地里有非常广袤的森林。这种被称为"山原"的地形，山脊部分看起来就像浮在海面上一样。山原地区整体的地形非常陡峭，平缓的地方很少。这里的最高峰海拔只有 500 米左右，达不到穿越云层的高度，森林里也看不到能够留住湿气的沿河平原，所以云雾林[1]并不发达，整体非常干燥。

虫草作为一类真菌，非常喜欢湿度高的环境，并且又是真菌家庭中对湿度要求格外高的一类，所以沿河流周边多见。虫草的发生高峰期通常在梅雨季节。正因为虫草有这样的特性，山原的森林中能够供虫草生长的地方非常有限。开始，我只是漫无目的地在森林里走来走去，经常在根本不会有虫草生长的地方徘徊，因此总是徒劳无功。然而，在经常能见到虫草生长的地方，每年都能见到它们（这种地方又名"虫草花园"）。

---

1. 云雾林是一种热带或亚热带常绿山地雨林。其特点是其林冠持续性、经常性或季节性地环绕着云雾。

从寻找虫草的视角来看，山原的森林也可以算是镶嵌式的。屋久岛的杉树林同样是镶嵌式的，但山原森林的这种镶嵌状构造，并非树林的生长变替所致，更多是受到了人为的影响。

山原的森林自古就有人类涉足。在这样的地方，那些前人留下的遗迹（住宅遗迹、烧炭的窑迹及蓝壶遗迹[1]等）吸引了我的目光。一眼望去，虽然看起来是一片深绿色的茂密森林，却完全找不到虫草的踪迹。仔细一看，这些树木都一样粗。这样的森林全部都经过人为砍伐，还没有经历太长的恢复时间。但哪怕只是很小一块面积，只要在林子里的某一角落发现过虫草，那么之后每年都可以在这个小角落发现虫草。或许是有什么原因，让原生的自然残存在这一小角落内。另外，如果有冰川 U 型谷[2]，或者沿着沼泽地等拥有更好湿度条件的地方，就会长出虫草。所以说，山原的森林中能够长出虫草的地方，也是呈斑块状分布的。找到虫草的线索后，即便是在山原的森林中，也能找到最原生的那一部分。换句话说，也就能够到达属于最"远方的自然"的那个角落。钻进那样的森林地带，就会发现除了虫草以外，还有霉草科（Triuridaceae）、松下兰（*Monotropa hypopitys*）以及八代天麻（*Gastrodia confusa*）等植物，它们是一类已经丧失光合作用能力的特殊植物，被称为腐生植物，静悄悄地生长在森林的角落里。

---

1. 蓝壶遗迹：在冲绳，马蓝（*Strobilanthes cusia*）叶子作为天然植物染料被大量种植，这种植物在当地被称为"琉球蓝"。人们需要将马蓝的叶子泡在水中制作染料，于是在山中挖出壶形的坑来储存水，因此这种遗迹被称为蓝壶遗迹。
2. 冰川 U 型谷：一般指冰川侵蚀形成的冰川谷，又称冰蚀谷。

潜入这样的森林，一边要小心矛头蝮的出没，一边还要在落叶间仔细地寻找刚刚冒头的虫草。潜入森林深处，屏住呼吸，目光焦点几乎要贴在林床上，第一次看到了生活在这里的生物，这就像为了看到生活在海底的那些小生物而去潜水一样。

城市里的杂草也是自然的另一种姿态。我想拥有一双能够随意注意到生活中"脚下的自然"的眼睛。然而，我又必须潜入密林，伴随着可能出现的危险才能找到生活在森林中的虫草，这也是自然的一种姿态。就算平时并没有注意到那些生活在我们身边的生物，只要想到它们在某个角落里默默生活着，就已经感到非常满足。对我们来说，身边的自然和远方的自然两者都非常重要。

在琉球列岛中，山原的森林与屋久岛、奄美大岛或西表岛的森林相比，能够见到的虫草种类和数量都非常有限。但同时，有些种类也只有在山原的森林中才能发现。我曾在山原的森林中找到一种寄生在蛾类幼虫身上的虫草，至今为止我也只找到过那一棵（我暂时把它称为黑斑谷蛾虫草［图 8］）。

另外，还有专门寄生于盲蛛的虫草（虫壳属［图 8］），目前我只在冲绳本岛的两个地方见过。盲蛛是一类属于蛛形纲的节肢动物，它们的脚非常长，乍一眼看会以为是一只蜘蛛。实际上，虽然盲蛛属于蛛形纲，但它和蜘蛛的亲缘关系并不近。这种被虫草寄生的盲蛛，是一种脚比较短粗的伪比盲蛛（*Pseudobiantes* sp.）。盲蛛虫草并不会长出子实体，孢子被装在一个叫孢子果的壶状容器内，布满盲蛛的脚和身体。盲蛛虫草经常生长在潮湿的倒木或浮岩[1]的内侧，因此，若平时只是简单地在森林里徒步，就无法发现它们。我开始也并非想着可以找到虫草，而是在寻找小型的上野蚎蠊时，偶然发现石头内侧贴着一只已经被真菌附生的盲蛛。这种虫草其中的一个特点是孢子像一根双节棍，两端膨大、中间细长。我知道日本本岛也有一种寄生蜘蛛的虫草，孢子的外形和这类盲蛛虫草很像，今后有机会还是有必要仔细对比一下。

绿僵菌在山原的森林里也比较多见，它们会寄生在朽木或者枯枝里的卵块上。我在山原的森林里发现的这种绿僵菌，寄生于被产在林床上的枯枝里、直径不足 1 厘米的卵块上。从卵块上长出的子实体是纯白色的，大约 3 厘米长。细细的棒状子实体表面布满了孢子果。这种虫草只零星发现过，我也不知道它到底寄生在什么卵上。在南美洲，有一种虫草同样寄生在类似的卵块上，相关论文中报告的是一种蜗牛的卵块。不过，我有幸在多个地方见过这种虫草，所以有机会弄清楚这种卵块到底是哪种动物产下的。

我用了 2 年时间研究这种绿僵菌的寄主，结果发现并不是蜗牛的卵块，而是马陆的卵。这种被绿僵菌寄生的卵块中的卵非常小，直径大约只有 0.3 毫米。观察了数个被绿僵菌寄生的卵块后，我发现其中有处于半孵化状态的卵。我把这些卵带回来，孵化出来的幼虫并不是昆虫，而是马陆的幼体。另外，我在同

---

1. 浮岩是一种多孔的火山碎屑岩，一般为流纹岩质或安山岩质，气孔的体积几乎能占总体积的 70% 以上，所以比重小，气孔之间只有极薄的玻璃质连接，即使放到水中也能漂浮，也被称为浮石。

一片有绿僵菌发生的地方，采来了其他没有被寄生的同样的卵块，孵化出来的也是马陆幼体。我把在同一个地方采到的马陆成体和从卵块中孵化出来的幼体，同时送到研究马陆的专家那里。鉴定结果是，绿僵菌寄生的或许是雅丽酸带马陆（*Oxidus gracilis*）的卵。查阅文献中记载的雅丽酸带马陆的卵的大小，也和被绿僵菌寄生的这种卵的尺寸非常吻合。雅丽酸带马陆的卵经过大约两周时间就能孵化，因此，绿僵菌从附着在卵块上再到最终长出子实体，可能只用了很短的时间。今后还是要多去观察一下这种绿僵菌的生态习性。

作为一名生物迷，先是对贝壳着迷，然后是虫子、植物，一直到真菌，我一直处于一个奇怪的位置。为什么会这样呢？就像本书中写的一样，我一直在做的事情，就是追寻自己心中那个"身边的自然"和"远方的自然"，也想将自己发现的这些自然中有趣的事物传达给他人。不管怎么说，我对传达自然中那些有趣的事物非常感兴趣。

成为一名理科教师之后，我从我的师父——高校生物老师岩田好弘先生那里学到了两件事。

第一件就是本书中一直重复写到的传授"以学生的常识为基础，并能最终超越常识的知识"，这是讲课时最重要的一个视角。

另一件就是劝诫他人："不要变成收藏迷。"

"如果过度沉迷于观察单个生物的趣味性，就会变得对周围视而不见……"老师说，这是理科教师与自然接触时需要怀揣的重要思想准备。但如果不在某种程度上深入接触单个生物的话，就没有可以讲授的内容了。

虫草，可以说是最让我狂热的自然观察对象。就像"远方的自然"与"身边的自然"对人类都很重要一样，一双能够狂热观察自然的眼睛，也是自己去观察自然的必要因素。如同森林的镶嵌状构造，我觉得每个人本身也应该是一个"镶嵌体"。

跟随博物学的脚步

在学校里剔骨头、料理橡子和狗尾草时，岩田先生曾劝诫我："不要变成收藏迷。"

大学四年级的时候，我才确定自己以后要做一名老师。即便我总是心不在焉的，也还是有担心的事。我并不认为自己拥有做老师的特质。从小时候开始，我就没法和别人做同样的事情，学习也一样，无一例外地半途而废。这样的我可以教别人吗？虽然大学时选择了生物学科，但终究没有继续走研究道路，因为我觉得无论如何也没办法掌握研究者的那套方法。回看我的校园生活，也回忆不出让我觉得有趣的课，即便是我最喜欢的生物。于是我决定和父亲聊一聊。我的父亲也是一名理科教师（专业是化学），我想问问他有哪位生物老师在做一些有意思的实践。经父亲介绍，我认识了当时在千叶县习志野高校的生物老师岩田先生。

岩田先生讲课时特别不一样，完全不用教科书，而是用自己编写的教材。其中充满了与普通生物教科书完全不同的内容，诸如如何生火、实际大小的大猩猩手印模型、瓜农的一年，等等。而且，岩田先生所在的生物准备室也给我留下了深刻的印象。准备室里堆满了各种杂物，纸箱里塞满了枯枝杂草，水池里还泡着牛的头骨。听岩田老师讲课时，他会冷不丁地拿出一只全身覆满鳞片的穿山甲剥制标本，让学生们传看。虽然课堂上也会听到学生们窃窃私语，但当看到穿山甲的剥制标本传到自己身边时，无论哪个学生都会好奇地盯着看。后来我专门去问了岩田先生，他像仙人一样只说了一句："这样就足够了。"我觉得，岩田先生想说的应该是，不管用什么样的形式，最重要的是在上课的时候，让学生与自然物对话吧。

另外，我总往岩田老师那里跑还有一个原因，那就是他亲手创办的生物插画的"理科通讯"。当时我想，以后我当了老师也要模仿着办一个。对喜欢去认识生物、喜欢画生物，也希望把有关生物的知识传达给别人的我来说，这样一本理科通讯，就是让我这些想法得以成形的具体手段。

于是，我刚当上老师就发行了理科通讯。我把能在学校周边见到的生物写在一张 B4 纸上，复印之后分发给学生，名字就叫《饭能博物志》。但是，和我刚开始讲课一样，这本通讯在配发过程中并不顺利。我在初中一年级的课堂上把通讯配发给学生，下课后，通讯就像垃圾一样散落在地上，我非常失望。

这件事让我深切地体会到，我还不知道该怎么向别人传达想要传达的东西。可是，如果任凭这样，状况也不会有什么改变。因此，我转变了思路。先不管读者如何，我决定继续发行以培养我写作能力为主要目的的理科通讯。有了在教室里向所有学生分发失败的惨痛经验后，我把通讯放在了图书馆的一个角落，改成了谁想看就自行带走取阅的形式。

我工作的第一年一共发行了 10 张理科通讯。到了第二年，发行数量飞跃，达到了 75 张。那时我发行通讯已经到了忘我的状态，所以并不记得太多细节。不过这个发行数量的变化和我上课内容的变化应该是相互对应的（理科通讯在此之后一直在发行，我在自由之森学园工作的 15 年里一共发行了 1 400 张）。

从自由之森学园辞职后，我也意识到自己失去了可以发行理科通讯的场所。

但是，我马上又开始准备新的通讯。我自己的绰号 Dacho，源于我出生的故乡馆山方言中的 Kamagecho（有螳螂和蜥蜴两者的意思）。受此启发，我以《螳螂通讯》为名开始发行新的个人通讯。虽然那时把这本通讯配发给了珊瑚舍学校的学生和我的朋友，但基本还是为了我自己而写。我就把它当作少年时代梦想完成的那本《地球全生物图鉴》的"转世"，代入了创作过程。

我试着回顾去年一年我的通讯（博物志）中都写了哪些内容。一共 382 张通讯，介绍写生的部分包括 80 种植物、64 种昆虫、59 种贝壳、55 种蘑菇、37 种鱼类，其他的（甲壳类等）共 12 种，合计 307 种。按这个速度，如果把地球上已有记载的150 万种生物全部画出来，差不多要画 5 000 年。需要这么长时间才能完成，我开始重新认识生物的多样性。

在自由之森学园时，我一直在写理科通讯。当时的图书馆管理员河本洋一先生在我发行到第 100 号时，帮我把通讯装订成了合订本。我曾把合订本当成名片四处派送，其中的一本，经人推介找到了出版社，正式出版了一本。这本书汇集了我和学生们一起剔骨头的故事，书名为《我们捡死尸的原因》（僕らが死体を拾うわけ，动物社）。还有另一个契机，大学时代我参加了一个面向小孩子的自然体验活动，期间被介绍了一份工作，有机会加入《博物学家入门》（ナチュラリスト入门，岩波书店）这本小册子的制作团队。就这样，这些书为我带来了更多的机会，连我自己都没有想到，之后会拥有这么多写书的机会。

回顾我的少年时代，父亲蜷在客厅的暖炉边，用小刀刻印通讯的形象又浮现在眼前。我的父亲是一名化学老师，同时也是一名诗人。他自费出版了很多本诗集。那些反复推敲后被废掉的作品纸张，以及印刷后剩下的纸张，都被我拿来画我喜欢的画了。

"总有一天我会出书的。"从少年时代起，我就一直这样想。

那种没有任何具体目标的坚信，就在这样的情境下成形了。

父亲在 81 岁时因为癌症去了另一个世界。但是直到现在，我仍在以那个已经不在世上、蜷缩着的父亲的背脊为目标去写书。

第9章

儒艮的课堂

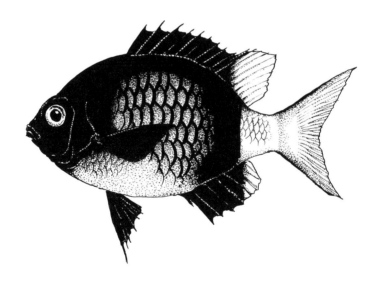

长棘光鳃鱼（*Chromis chrysura*）145 毫米

人鱼长什么样？

"早上好～"一拨又一拨中学生围在研究室门口向我打招呼。

我之前在珊瑚舍学校做临时讲师。那些珊瑚舍学校的学生这次来到大学，只来听我一个小时的课。虽然那些学生都已经毕业，但对我来说还像第一次给他们上课般紧张。虽然当了30年老师，但每次站在初次见到的学生面前时，我都会紧张，不过，身上某个位置的开关也被"咔嚓"一声打开了。

我让班里的10名学生举起手来，了解到其中只有两名冲绳本地的学生，其余都是外地的（包括一位菲律宾出生的学生）。

"冲绳和日本本岛有好多不一样的地方，对吧？"

这次课以这句话为起点。

我从学生那里了解到的"冲绳与本岛的区别"，其中之一是炖菜的食用方法不同。在日本本岛，炖菜和米饭会分开盛，炖菜盛在汤盘或木碗里。而在冲绳，一般会像吃咖喱那样，把炖菜浇在饭上拌起来吃。

"真的吗？"一位来自日本本岛的学生问道。

"啊？原来只在冲绳才会这么吃呀！"接着一位来自冲绳的学生讲道。

"普通"这个词，实际上也有很多定义。我认为能够意识到这个问题非常重要。

"每个人拥有的'常识'都不一样。现在，我出问题，然后大家按照自己理解的'常识'，在自己的纸上画出来，然后互相传看一下。"

我说完，便把纸发给学生。我出的问题是，"请大家画出你心中人鱼的样子"。

学生们满脸意外，然后又开心地拿起画笔在纸上游走。每个人画得都不太一样，还有学生从尾巴开始画起。不过，他们画出来的人鱼都差不多，没有太大区别。

画肖像画时需要抓住模特脸上的特征，关键就在于要将其表现出来。只要抓住特征，哪怕是简单的线稿也会让人觉得很像；但如果没有抓住重点，哪怕画得再细致，别人也不知道你到底画了谁。那么，画一条人鱼的关键点是什么呢？

"下半身是鱼！"

"上半身是女人！"

"用贝壳当胸罩！"

学生们给出了不同的答案。如果能抓住上面回答中的几个关键点，就能画出一条人鱼了。人鱼是一种凭空想象出来的生物，我们不可能一边看着实物一边画。换言之，大家共识中的人鱼，其实只是"人鱼就应该这样"的虚构形象。每个学生都按照这样的特点去画人鱼，结果就是画得都差不多。

"人鱼的原形就是儒艮呀。"

坐在教室最后一排的一名男学突然说道。这个男生刚来上课时就说自己特别讨厌虫子。这是一个不喜欢昆虫的学生，但在课堂上，他是一个对昆虫以外的其他生物特别感兴趣，并且比其他学生更了解生物知识的男孩。

确实如这名学生所讲，海牛目的儒艮就是人鱼的原形。因为儒艮栖息在冲绳近海，所以人鱼的形象也时常出现在冲绳的传说里。不过，儒艮虽然有和人鱼长得很像的地方，但也有不同的地方。和人鱼一样，儒艮的下半身也像一条鱼（不过，鱼类和儒艮的尾鳍形状并不一样。鱼类的尾鳍是从身体纵向伸出的，而儒艮是横向伸出的）。学生画出来的儒艮上半身都是一位女性，而且都长着长发，但儒艮没有这么长的毛发。乳房呢？人鱼的乳房在胸部，被贝壳胸罩遮住，儒艮有乳房吗？

"应该有吧……"下面传来一个答案。

作为哺乳动物的一员，它们的幼崽也要靠吸吮母乳维生，所以学生们会想到儒艮是有乳房的。但是，乳房实际上是人类特有的器官。虽然我们看到奶牛也有巨大的乳房，但那只是被人类驯化为家畜后的产物。一般的哺乳动物只有分泌乳汁的乳头，并没有乳房。人鱼的上半身是一位女性的形象，固然会画出乳房。但作为人鱼原型的儒艮只有乳头，没有乳房。所以儒艮也好，人类也好，甚至牛或狗，它们的共同点并不是有没有乳房，而是都有分泌乳汁的乳头。

鲸的历史和儒艮的历史

如果追溯哺乳动物的演化史，因为同属一个分类单元，所以除了乳头以外，还有其他一些共同特征。比如，哺乳动物的颈椎通常有 7 块。这样的特征好像人多数人都知道……学生们一边点头附和，一边听我讲。脖子很长的长颈鹿也一样，只是它们的每一块颈椎骨都变长了，这个大家应该也都知道。那么，哺乳动物里面，脖子最短的是谁呢？我这样一问，学生们先是歪着头，然后说出了各种各样的答案。

"老鼠！"

于是我拿出日本姬鼠（_Apodemus argenteus_）的骨骼标本。"哇，好小啊！"学生发出惊叹。不过，看到日本姬鼠全身的骨骼会发现，与全身对比，它们脖子的比例并没有想象中那么短。

"那……蝙蝠！"

这一次有个学生这样答道。于是，我又拿出一具狐蝠的全身骨骼给学生看。他们看到狐蝠的骨骼后，再次发出惊讶的声音："好像人啊！"一般的哺乳动物用四足行走，但蝙蝠的前肢变成了用于飞翔的翼，休息时只用两只后足倒挂着。所以如果把蝙蝠的骨骼上下反过来看的话，就和两足直立行走的人一样。不过，蝙蝠的脖子相对全身的比例也没有想象的那么短。

"还有颈椎演化得更短的哺乳动物。"我说着在黑板上画出鲸的轮廓。在我画的这个鲸的轮廓中，几乎看不到脖子。那么实际情况是怎样的呢？就如第 1 章捡到江豚骨骼的故事中提到的，为了适应从陆地返回水中的生活，鲸类的颈椎整体缩短或

愈合了。所以我认为这可以很好地佐证鲸类的祖先曾经也在陆
地上生活。所以我拿出领航鲸的颈椎骨。"领航鲸的颈椎骨与江
豚的不一样，7 块颈椎骨从外表看愈合成了一块，但如果仔细观
察，还是能看到每块颈椎骨之间的隔断。所以它本身也有 7 块
颈椎骨，这也是它们原本生活在陆地上的祖先遗留下的印迹。"
我这样向学生们解释。

"还真的是。"

"太厉害了。"

学生们听完我的讲解后，发出了这样的感叹。

从陆地生活转变为水中生活，鲸类的身体在适应环境变化
的过程中发生了怎样的变化，关于这一点，我还想从身体其他
方面的变化来讲解。

于是我又问道："鲸的鼻子在哪里？"

我让学生在黑板上那只鲸的轮廓图上画出鼻子的位置。同
样的问题我之前也问过大学生，但几乎所有学生都答错了。多
数学生认为鲸的鼻子在比眼睛还要靠后的位置，或许是因为在
大家的印象中，鲸在海面上都是从背上喷气的。实际上，鲸类
的鼻子和其他哺乳动物一样，都在比眼睛靠前的位置，只是不
在嘴尖，而是嘴巴比鼻子更向前突出而已，所以相对而言就容
易感觉鲸类的鼻子更靠后。另外需要补充一点，鲸的鼻孔不在
前面，而是在身体背面。为了让学生实际体会鲸类鼻子的位置，
我把以前捡捡到的领航鲸的头骨拿了出来，指出了眼睛和鼻子
的位置。这个头骨很沉，我让每个学生都抱了一下，去感受它
的重量。

　　接着，我又让学生想一想鲸类的乳头长在什么位置，并画了一张鲸类的腹面图，让他们在上面标出来。看完学生画的我才知道，原来他们都认为鲸类的乳头长在胸鳍的根部。

　　实际上，鲸类的乳头长在肚脐靠后的位置。

　　"还有乳头长得比肚脐还靠后的动物？"学生们好奇地问道。这时我拿出了一个奶牛模型。

　　"啊，这样啊！"学生们感叹着。

　　鲸和牛都属于偶蹄类，它们之间的亲缘关系很近，这便是鲸类的乳头位于身体后半段的原因。古鲸作为现生鲸类的祖先，研究人员从化石中发现了从半陆半水生生活到完全海洋生活等各个阶段的种类。比如，从巴基斯坦距今约 5 000 万年的堆积物中发现的巴基斯坦古鲸，它的样子与我们现在认识的鲸类样貌完全不一样，那是一只在陆地上用四条腿走路的动物。明明是在陆地上用四条腿走路的动物，为什么会被划为古鲸类呢？因为它们的耳骨具备和鲸类相同的特征。另外，这种动物的四肢骨骼构造与偶蹄类有共同点。所以说，目前认为鲸类实际上是从偶蹄类慢慢演化而来的。这一点不仅在化石中被证明，也有研究表明，通过比对 DNA 遗传序列发现，鲸类确实与偶蹄类的关系最近。通过基因序列构建的系统发生树，我们可以发现河马与鲸类的关系比野猪和牛更近，因此现在的哺乳动物分类将原先的鲸目（Cetacea）与偶蹄目（Artiodactyla）合并成了鲸偶蹄目（Cetartiodactyla）。也就是说，河马的乳头也和牛一样，在靠近后腿根部的位置，即身体的后半段。

　　既然鲸类的乳头位于身体的后半段，那么同样生活在水中的儒艮，它们的乳头又在哪里呢？作为人鱼的原型，儒艮的乳头长在胸鳍根部。也就是说，以乳头位置比较的话，比起鲸类，儒艮更像人类。

为什么儒艮和鲸类的乳头位置不一样？

我手边有一个领航鲸和儒艮（图9）的肩胛骨，让学生拿起来比较它们的重量。这块儒艮的骨头是我在西表岛海岸捡到的，它是被海水从贝冢中冲出来的。拿到领航鲸的头骨会觉得鲸类的骨头确实很重，可是分别把大小差不多的两者的肩胛骨拿在手上比较，会发现儒艮的肩胛骨比鲸类的重很多，这和它们不同的生活习性有关。鲸类是肉食性动物，而儒艮以海草为食，拥有致密、又硬又重的骨头，这便于它们沉入水下，不需要耗费太多力气就能沉到海底吃到海草。另外，动物需要借助肠道和胃中的微生物来消化植物中的纤维。儒艮依靠后肠内微生物的力量来消化植物纤维，这些微生物在分解过程中会产生大量气体，所以儒艮会经常放屁。儒艮就是这样，通过平衡消化过程中产生的气体以及骨骼的重量在海里生活。

儒艮和鲸类的饮食及骨骼密度都不同。儒艮的祖先并非偶蹄类，而是与大象和已经灭绝的哺乳动物中的索齿兽类（Desmostylia；日本也发现过索齿兽［*Desmostylus* sp.］的化石）的亲缘关系更近。实际上，看一下我在西表岛的海岸捡到的儒艮头骨（由于这是以前人类食用后残留的，所以并不完整），就会发现它和鲸类的头骨完全不同。早期的海牛类舟吻海牛（Prorastomidae）就和古鲸一样，也是用四只脚走路的动物。所以与儒艮的祖先关系很近的大象的乳头也在前腿的根部。

　　通过化石没办法知道乳头具体在哪个位置，但与鲸类关系比较近的河马，其乳头靠近后腿根部，而与儒艮关系近的大象的乳头位于前腿的根部，这样的事实也不能说一定就是偶然。我跟学生讲，我们至少可以说根据儒艮和鲸类乳头位置的区别，可以猜测出它们从不同的祖先演化而来。

　　通过比较儒艮与鲸类的乳头位置才知道，原来乳头也包含这么多历史。但是，为什么作为儒艮祖先的大象，与鲸类祖先的偶蹄类的乳头位置不一样呢？这就需要进一步追溯乳头的历史了。用来分泌乳汁的乳头原本由汗腺演变而来。非常有名的卵生哺乳动物鸭嘴兽（*Ornithorhynchus anatinus*）就没有乳头，它们的乳汁是从腹部的泌乳孔分泌出来的。

　　"世界上乳头最多的动物是什么？"

　　我问了一个这样的问题。让我惊讶的是，一位女生回答："说到乳头的数量，那一定是那些可以生很多后代的动物。嗯，负鼠？"作为乳头最多的动物代表，有一本中写到了一种黄侧短尾负鼠（*Monodelphis dimidiata*），它们拥有 25 个乳头。其实，我也是在准备教案时才知道负鼠里有的种类拥有特别多的乳头。以同样的内容向大学生提问，却没有得到"负鼠"这样的答案。虽然珊瑚舍学校的这批学生只有 10 名，但他们的知识面真的很广。也许也不能这么说，或许是因为他们习惯了在课堂上表现出自己的个性，因此能更好地传递出这么多样的答案吧。

　　"居然有 25 个乳头？那不得长满全身啊！"

　　一个学生一边笑着一边说。

　　当然，这 25 个乳头并非没有规律地四处乱长。一般情况下，乳头都是从前肢的根部开始一直到后肢根部，以左右对称的形式排列。这种又名乳腺嵴（mammary ridge）的排列方式，在哺乳动物的一员——人类身上也可以看到。虽然人类胸部的一对乳房非常发达，但有时候也会长出副乳（accessory mamma）。

总结一下。乳头的位置首先与乳腺嵴的基本排列有关，在这个基本排列形式下，结合产崽的数量以及生活方式，最终决定了乳头发育的数量与位置，也有的直接遗传了祖先们乳头的位置。生物的形态特征背后，一定有相关的生活与历史。

镶嵌式的人体

"现在，我想让大家再画一幅画。在看不到任何鱼的条件下，你们能画出一条鱼吗？"

这次提问旨在关注学生是否知道鱼鳍长在鱼的什么位置。所有的学生都画出了尾鳍，背鳍也基本都画出来了，胸鳍也一样。但是腹部有没有鳍呢？如果是鲷鱼的话，它的腹部就既有腹鳍也有臀鳍。我在大学课堂上提出同样的问题，52 名学生中共有 30 名学生画了既没有腹鳍也没有臀鳍的鱼，19 名学生只画出了臀鳍，只有 3 名学生把两者都画了出来。被人类虚构出来的人鱼，在所有人心目中基本有相同的形象。但面对现实中的鱼，学生们在画的过程中暴露了他们对鱼缺乏了解。

这时候，我拿出了一本《日本产鱼类大图鉴》。

图鉴里，动物通常会从原始类群到演化类群排列。但鱼类图鉴中最先会出现哪种鱼呢？我这样向学生们提问。

"腔棘鱼？"

大学生在课上也会给出同样的回答。腔棘鱼确实是一种保留了许多原始特征还活到现在的鱼类，但我手上的图鉴是日本的鱼类图鉴，里面并没有腔棘鱼。

"盲鳗。"

让我惊讶的是，那个讨厌虫子的男生答对了这个问题（不知道大学生知不知道盲鳗）。确实，《日本产鱼类大图鉴》中首页介绍的就是盲鳗。

我从冰箱里拿出七鳃鳗的鱼干给学生们看。盲鳗和七鳃鳗同属圆口纲（Cyclostomata），是一类非常原始的鱼类。圆口纲的身上没有被称为"颌"的结构。在图鉴中，盲鳗的后一页介绍的是鲨鱼等软骨鱼类，它们开始有颌了。鲨鱼的表皮很粗糙，因为它的表皮长有盾鳞。盾鳞被认为是所有脊椎动物牙齿的起源（在软骨鱼之前就有同时具备牙齿和颌的棘鱼类〔Acanthodii〕，不过它们现在已经灭绝了）。因为有了牙齿和颌，那些原本靠鳃过滤微生物为食的原始鱼类，开始演化成可以抓住并吞下更大猎物的动物。

另外在演化史中，沙丁鱼、鲑鱼和秋刀鱼等我们熟知的鱼类，都在软骨鱼之后一一登场。以人类为首的生活在陆地上的脊椎动物，如果追溯它们的祖先，都可以追溯到鱼类。也就是说，鱼和人在身体构造上必然有共性。人类的手，就相当于鱼类的胸鳍。我这样讲解着，学生们点头回应。那么，人类的脚相当于鱼类的哪里呢？实际上，之前让学生们画的鱼，其中就缺少了相当于人类脚的鳍——腹鳍。如果不看着东西去画，很多学生都画不出鱼的腹鳍，也可以说，他们画了一条没有"脚"的鱼。

那么，图鉴最后一页会出现哪种鱼呢？

"鲷鱼？""褐菖鲉（*Sebastiscus marmoratus*）？""鲽？""翻车鲀？"

学生们回答出各种鱼的名字，其中提到了正确答案：河鲀的亲戚翻车鲀。

从外表看翻车鲀与河鲀，会发现它们没有腹鳍。看来，真的存在没有"脚"的鱼。而这些没有"脚"的鱼，正是演化了的鱼。

纵览鱼类的世界，以活化石著称的腔棘鱼还生活在这个地球上。不仅如此，从仍然保留着原始特征的盲鳗，到后来演化出来的河豚，处于各个演化阶段的鱼类一起在大海中遨游，绝不只有演化程度最新的鱼类才能在大海中生存，这里同样可以见到镶嵌式的构造。再看一看我们自己身上的这些结构，我们的颌和牙齿的起源可以追溯到5亿年前，手和脚可以追溯到3亿年前，乳腺可以追溯到2亿年前。在我们的身体上，有像活化石一样原始的器官，也有演化程度最新的器官，它们共同构成了我们复杂镶嵌式的人体。

我最后这样总结道。

偶然与必然

大自然的这种镶嵌构造，与其发展历史息息相关。历史上的各种偶然与必然彼此相遇，层层相叠。

我的原点，始于南房总的拾贝。这一爱好打开了我的双眼，让我认识到了自然的多样性。

我之所以会出生在南房总，是因为在北海道当老师的父亲的长女，也就是我的姐姐。姐姐身体虚弱，需要到更温暖的地方休养。于是父亲悄悄参加了录用考试，他应聘上的那所学校恰巧在南房总。

生物世界之所以一直吸引我，或许是因为除了追寻生物的世界之外，我其他都一事无成吧。唱歌五音不全，运动能力也不行，算算术的时间对我来讲极为痛苦，语文更是完全落后于人。因此，我紧紧抓住生物的世界，也是必然的选择吧。

另外，从我自己意识到喜欢生物后就一直推着我、带我去认识生物多样性的父亲，还对我说过这样一句话："生物真的很好玩，因为一辈子也看不够！"虽然我的父亲已经不在了，但他和这句话都一直在我的心里。我和我的父亲，也将以一种镶嵌体的方式存在。

"虽然很讨厌虫子，但还是觉得有点儿意思。"如果在我的课堂或野外活动中有学生说出这样的话，无论是他还是她，都表明这句话已经进入他们的内心，成为他们的一种看法，这也成了镶嵌状态的证据。为了能够成为"他人"的一部分，我想一边借助与我自己有着不同感性的人的力量，一边让自己更进一步地去感受自然的乐趣。

结　语

豆马勃（*Pisolithus arhizus*）

我去了德之岛。

两天的时间里，我造访岛上不同的村落，和那里的老爷爷老奶奶们聊天，听他们讲故事。在德之岛的花德村，我听到人们会吃一种豆马勃，当地人称为"Kebusinaba"。我并没有在书中见过吃豆马勃的故事，像这样第一次听到跟生物利用有关的故事，再次让我认识到每个岛屿都有各自不同的世界，而这些老爷爷老奶奶们就像是一本积累了关于这个世界所有知识的百科全书。所以，我必须继续去听他们讲这些故事。

想来想去，还是决定把虫草作为在岛上演讲的主题。恐怕德之岛上的虫草还没有谁真正去彻底调查过。虽然大家都知道奄美大岛是一座虫草的宝库，但或许在德之岛上还能发现与奄美大岛不同种类的虫草呢。我要把自己的这些预想告诉岛上的人们。

超乎我的想象，虫草这个话题引起了岛民们的兴趣。

"你是怎么知道虫草原本是一只虫子的？"

岛民们一直在问我类似这样的问题。

"哪种虫子最容易被虫草附身呢？"

一个小学五年级的男生问了这样的问题。

关于虫草还有许多我们未知的东西。既有我可以答上来的，也有我答不上来的。

"下次，到了季节我可以和你一起去一探究竟吗？"

我还听到有人这样讲。我觉得这一定可以实现的。

演讲结束后，我与帮助安排这次调查和演讲的 NPO 德之岛虹之会的工作人员一起聚餐庆祝。

"教科书上还是日本本岛的内容啊。"

在虹之会事务局工作的美延睦美这样说道。德之岛上生活着奄美兔（*Pentalagus furnessi*）和德之岛刺鼠（*Tokudaia tokunoshimensis*）等特有物种。但是，应该如何培养孩子，让他们习惯把目光投向身边独特的自然呢？教科书中写着 4 月是樱花盛开的季节，但在德之岛上看不到这样的景象。"到了秋天"这个单元，教科书中又以红叶为例。同样，德之岛上也没有红叶。难道不应该培养孩子们学会发现身边自然特有的属性吗？对于美延提出的问题，我深表赞同。

因此，我开始思考自己能做些什么。

还有很多想做的，以及不得不做的。

我在自由之森学园遇见了骨头。

在制作骨头标本的过程中，我和两个学生的关系特别深。

就如本书之前提到的，稔毕业后去了德国的博物馆，当了一名标本师。回到日本后，又作为日本首位标本师，一直活跃在相关领域。真树子则去了大阪自然史博物馆，在友之会一边工作，一边成立了一个名为"难波骨头团"的骨骼标本制作志愿团队，并以大阪自然史博物馆为中心，举办了"骨骼峰会"

活动（到 2015 年共举办了 30 回）。

　　第一届"骨骼峰会"邀请稔来到现场，做了一场关于德国标本制作方法的演讲。稔讲道，德国的博物馆在制作骨骼标本时，会怀着一种要将标本永远保留下来的使命感，在制作骨骼标本的过程中几乎不会以加热的方式去处理。听到这里，我非常惊讶。后来又讲到博物馆还配置了蛋白酶来处理骨骼上残余的肉，还有能将骨骼内的有机质全部溶解出来的有机溶剂，以及能净化掉有机溶剂中杂质的设备。我再次惊叹。

　　听了这些，我才知道我们自己剔骨去肉的方式，与博物馆细致地处理制作骨骼标本相比简直不在一个层级。我绝不可能像博物馆那样细致、彻底地去处理骨骼。而真树子也在博物馆从事与标本制作相关的工作，单论貉都亲自处理过几十上百头了吧。而我自己亲手处理的骨骼的数量完全无法与之比较，当然我也没有想过要这样一心一意、不知疲倦地制作骨骼标本。

　　话虽如此，我小时候不是曾经梦想自己在博物馆工作吗？看到稔和真树子的工作，我才意识到，或许我本身的特性就不适合在博物馆工作吧。尽管如此，稔和真树子代替我在这条道路上不断前行，从写书到在博物馆开演讲，再到被邀请参加研讨会。我则继续背着装满骨头的帆布包，自诩为流动的博物馆，走进课堂。虽然我没有成为一名博物馆馆员，但也可以说与博物馆的世界存在着某种说不出的联系。

　　另外，关于刚刚提到的"特性"，我还想到一件事。

　　我作为一名生物迷，有许多许多想要看到的动物。在我的身体里，喜欢生物就像自身的生理冲动，无法抗拒。

我还从事生物插画师的工作。我不在乎能不能挣到钱，只是觉得在给生物画画的时候有一种特别的充实感。

与此同时，我还是一名理科教师，在向学生们传达生物世界的相关知识时，也收获了相应的回报。

谈到生物，无论是作为生物迷，还是插画师，抑或是理科教师，我都不觉得自己的特性与这些身份百分之百契合。我并没有毅力深入非洲大陆，去看那些幻想中的生物；也没有能力把生物画得那样细致；再加上我生来怯场，面对很多人讲话时常常大脑一片空白。即便如此，我还是一直做着与观察、绘画和传达有关的事情。或许从今往后，我还将继续这一切。虽然我不是博物馆馆员，也不是博物学家，但我非常向往"博物"这个词，至死也要见到地球上所有的生物，我也会继续努力实现这个梦想。

我写本书的时候，日文版的编辑光明义文向我提过一个问题："还想请您写一本以'最后一课'为视角的书。"

啊？最后一课？

虽然我还没到那个岁数，可是人也不知道自己哪一天会死去。人类也是自然的一部分，不可能超越自然随心所欲。所以，我决定回顾一下自己走过的路。

所谓的"最后一课"，应该就是总结自己之前做过的事情，并在此基础上，表明一下自己还将做出新尝试的决心吧。可实际上，很难用一个段落将我自己做过的事情全部说清，而关于"在此基础上开始新的尝试"，我也没什么可讲的。即使从现在开始决定做什么，我终究还是会一如既往地沿袭我那临渴掘井的风格。

　　所以我打算在本书中先俯瞰一下到目前为止，自己想看什么、描绘什么，还有想传达什么。但拿我自己的特性来说，我并不认为自己具备这样的企划能力。只是，在写书的过程中，我发现书本身也是镶嵌式的存在。虽然一本书会署上作者的名字出版，但实际上还是在编辑和设计人员的共同合作下才创造出来的。如果只有我自己，我大概不会有写这本书的想法吧。当然，如果我没有写这本书，很多事情自己也意识不到。我们每一天，都把属于别人的一部分装进自己的思想中，塑造出一个全新的自我。我希望，在这样的意识中诞生的这本书，能够催生出读者朋友思想中的新意识。

译后记

感谢后浪出版公司的编辑对我的信任，在《自然观察入门》一书刚刚出版不到一年之时再次联系我，邀请我继续翻译这本《赶海·解剖·逛菜场》。说实话，收到邀请之时心里极为矛盾，一方面觉得不接下这本内容更为新颖的书的翻译工作有点儿对不住自己对自然持续的那股劲头，另一方面又对这十几余万字的工作量有点儿望而却步。最终，我还是选择接受了这份信任。当然，也不想辜负这份信任。我几乎把一切业余时间利用起来，用三个多月的时间便完成了整本书的翻译工作。

与翻译上一本《自然观察入门》不同的是，这几年陆陆续续去了几次日本，尤其是本书作者后来移居的冲绳，我更是去了三四次，那真是一座为自然爱好者"专属订制"的群岛。我觉得，每一个自然爱好者到了那里一定都会像我一样流连忘返，甚至可能与作者一样选择定居那里。作者担任了30多年自然教师，向小学生、中学生乃至老年人传授有关自然的一切，并不断地、从不同的角度审视问题，尽可能以贴近身边的方式让授课对象能够对看似无用的"自然知识"产生兴趣。

也因此，作者涉猎范围颇广。从家里的蟑螂、路边的杂草到植物的种子，从各种奇怪的骨头到形态各异的贝壳，我觉得这肯定不是单纯地出于工作身份，也一定与作者年幼时想要做一本《全生物图鉴》有关。他从心底向往探索自然，那颗好奇心从未停止脚步。借助教师这个身份，作者有机会将这些探索的结果与学生分享，激发学生的好奇心，传递下去，就如他的目的一样。

作者对于自然探索的那份执着和热情，还有他想传达给他人的动力都一直感染着我。从他出生地南房总市的"身边的自然"一直探索，到后来移居的冲绳，并将之定义为"远方的自然"，寻求两者差异中的镶嵌点。我或许也是受到其中的启发，从我的出生地——内陆城市北京，探索对我而言的那个"远方的自然"，海南岛。但与作者相比，我的资历还远远谈不上与他人分享经验，但如果本书能让国内的朋友获得同样的感受的话，我会非常开心，也算是我为"传达"所做的点滴贡献吧。

临近书籍出版，想到自己想要的"传达"马上就可以通过本书与读者见面了，我便又兴奋了起来。一如既往地，我要感谢诸多老师与朋友在翻译本书期间给予我的各种支持。感谢王传齐、郭睿、刘逸夫在翻译技巧上的支持，感谢赵岩岩对于文献资料方面的支持，感谢刘冰老师、王兴民老师、蒋卓衡、胡子渊、张国一、张乐嘉、汪阗、金宸、朱翔、陈卓、白兴龙、齐硕、王小会、王科和陈付强老师在物种名称翻译上的支持，感谢陈瑜、饶涛、卢路、张率、李琰、高源在专有名词翻译上的支持。

文字与思维都是有趣的东西，尤其是两者结合之时。校稿时这种感觉尤为强烈，甚至会抱怨自己当初为什么要用这样毫无道理、逻辑混乱的表达方式，但这种想法在第一次、第二次乃至第 N 次校稿时都会不断出现，甚至在同一个地方反复纠结，这或许就是不足之处吧。人无完人，译作更是如此。书中若有错误，欢迎读者朋友批评指正，希望有机会让本书变得如自然一般完美。

张小蜂

2022 年 2 月 11 日

于海南三亚

图书在版编目（ＣＩＰ）数据

赶海·解剖·逛菜场 /（日）盛口满著；张小蜂译
. -- 福州：海峡书局，2022.4（2024.8 重印）
ISBN 978-7-5567-0900-7

Ⅰ.①赶… Ⅱ.①盛… ②张… Ⅲ.①生物学—普及
读物 Ⅳ.① Q-49

中国版本图书馆 CIP 数据核字 (2022) 第 010568 号

ENJOYING NATURE: by Observing, Drawing and Telling
by Mitsuru Moriguchi
Copyright©2016 Mitsuru Moriguchi
All rights reserved.
Original Japanese edition published by University of Tokyo Press
This Simplified Chinese language edition is published by arrangement with University
of Tokyo Press, Tokyo in care of Tuttle-Mori Agency, Inc., Tokyo
本书中文简体版权归属银杏树下（北京）图书有限责任公司
著作权合同登记号　图字：13-2021-104

出 版 人：林　彬
选题策划：后浪出版公司　　　　　　　出版统筹：吴兴元
编辑统筹：费艳夏　　　　　　　　　　责任编辑：廖飞琴　黄杰阳
特约编辑：王奕骅　费艳夏　　　　　　营销推广：ONEBOOK
装帧制造：墨白空间·张静涵　　　　　排　　版：李会影

赶海·解剖·逛菜场
GANHAI · JIEPOU · GUANGCAICHANG

著　　者：[日]盛口满　　　　　　　　译　　者：张小蜂
出版发行：海峡书局　　　　　　　　　社　　址：福州市白马中路 15 号
邮　　编：350004　　　　　　　　　　　　　　　　海峡出版发行集团 2 楼
印　　刷：河北中科印刷科技发展有限公司　开　　本：889 mm × 1194 mm 1/32
印　　张：7.75　　　　　　　　　　　字　　数：167 千字
版　　次：2022 年 4 月第 1 版　　　　印　　次：2024 年 8 月第 2 次
书　　号：ISBN 978-7-5567-0900-7　　定　　价：56.00 元

读者服务：reader@hinabook.com 188-1142-1266
投稿服务：onebook@hinabook.com 133-6631-2326
直销服务：buy@hinabook.com 133-6657-3072
官方微博：@ 后浪图书